葫芦记

杨争毛题

田粟 著

海天出版社（中国·深圳）

图书在版编目（CIP）数据

葫芦记 / 田粟著. —— 深圳：海天出版社，2018.7
ISBN 978-7-5507-2408-2

Ⅰ．①葫… Ⅱ．①田… Ⅲ．①神话－中国－当代
Ⅳ．①I277.5

中国版本图书馆CIP数据核字(2018)第101476号

葫芦记
HU LU JI

出 品 人	聂雄前	
策划编辑	黄明龙	
责任编辑	王　民	
	胡小跃	
责任技编	梁立新	
责任校对	熊　星	
内页插图	黄庆梧	
封面设计	蒙丹广告	

出版发行　海天出版社
地　　址　深圳市彩田南路海天综合大厦（518033）
网　　址　www.htph.com.cn
订购电话　0755-83460239（邮购）　83460397（批发）
设计制作　深圳市龙瀚文化传播有限公司 0755-33133493
印　　刷　深圳市希望印务有限公司
开　　本　889mm×1194mm　1/32
印　　张　7.25
字　　数　150千
版　　次　2018年7月第1版
印　　次　2018年7月第1次
定　　价　32.00元

一

　　大山窝里，有一个狭长的大湖。湖北面的山脚下，有一个村庄沿湖岸而建。村头有几棵古榕树，远远看去，就像是连成一片的几个小山包。榕树下有两排简陋的石屋，是村里自己兴办的小学校舍。我们的主人翁豆丁就在这里念书。

　　每天下午放学，豆丁回家扔下书包后，第一件事，就是奔向厨房的灶台，那里一般都会有妈妈给他备的下午餐——几根烤地瓜或是一碗红葱头炒米饭，偶尔还会有土鸡蛋炒饭！山村中午饭吃得早，下午还没到放学时间，豆丁就已饥肠辘辘了！不过，这个下午餐也不是白吃的！吃饱后，他还有工作，就是给家里放牛。

　　与枯燥的学堂相比，豆丁更喜欢放牛。因为放牛时可以带上最听他话的伙伴，同时也是他的部下，大黑——他家的大黑狗，在山林里追猎兔子。另外，他也很喜欢家里的那头老黄牛，那双一眨一眨的大眼睛，看起来非常的慈祥和善解人意。豆丁总是亲切地称他家的老黄牛为老黄。

　　每当豆丁吃东西的时候，大黑总是侧着脑袋，蹲在他面前，伸着鲜红的舌头，流着口水，期待地看着他。豆丁当然不会亏待他的伙伴，总是边吃边时不时向大黑抛一些饭团之类的食物。每当见到豆丁扬起手臂，大黑就敏捷地一跃而起，凌空接住食物，吧嗒地一口吞咽下去，再回到原处，期待地蹲着，温顺得像个仆人。

　　吃过下午饭，豆丁带上弹弓和铁锹，解开拴在苦楝树下的老黄，向大黑招招手，喊道："走！"就放牛去了。

豆丁一般只在山脚的湖边放牧，不敢到深山里面去。因为，过了山坳，有一块巨石，名叫飞来石，据说石头下面压着一条大蛇！传说，它就是被法海压在雷峰塔下的那条白蛇的妹妹——青蛇。当年，它听说吃了葛洪炼的仙丹可以快速提升自己的功力。救姐心切的它，不远千里，来到了罗浮山朱明洞，偷吃了葛洪炼丹炉里的仙丹。果然，吃下仙丹后，它不仅体格有了惊人的变化，声线也变了，功力更是有了突飞猛进的提升。于是它杀回了杭州西湖，打败了法海，推倒了雷峰塔，救出了它的姐姐白蛇。被救出后，白蛇顾不上梳洗，蓬头垢面的就去找它的相公许仙。但此时许仙早已不在人世了！白蛇万念俱灰，化作一股白烟，消失在了尘世。失去了姐姐，青蛇悲痛万分，最后由于悲伤过度，导致走火入魔，四处兴风作浪，危害生灵，就连土地神也拿它没办法，只好上报玉帝，恭请玉帝派天兵下凡捉拿青蛇。

玉帝了解了事情的来龙去脉后，下了一道谕旨给葛洪，命他前去降服青蛇。

对于法海与青、白蛇之间的纠葛，葛洪是同情青蛇的，所以有意放青蛇一马。他回复玉帝"杭州不是他的管辖范围"，故意推搪。

"自己惹出的麻烦一定要跟办负责到底！别指望可以推搪了之！也更别指望别人给你擦屁股！"玉帝说。他对葛洪在凡间炼仙丹一事一直心存看法。"如果所有人都吃仙丹，都长生不老，都成了神仙移民到仙界来，仙界哪有那么多资源来养活他们！"这是玉帝的看法。

推脱不了，葛洪只好飞往西湖，亲自动手，将青蛇擒获，带回了罗浮山，并用神符把它压在了飞来石下。据说蛇虽然被压住了，但却能把靠近它的东西吸入口中。所以，这么多年来一直没人敢靠近那块巨石。

这天，豆丁把老黄带到山脚的溪边，让它吃溪边的嫩草。而大黑却兴奋地在这里嗅嗅、那里闻闻，引着豆丁逆着溪水方向一直往上跑。在野外，豆丁一般都听大黑的，在找寻猎物的本领方面，大黑的鼻子比豆丁的眼睛管用多了！

　　昨晚下了一场很大的雨，溪水暴涨，水流很急。豆丁和大黑沿着小溪来到那座古老的道观下面。他们走上石阶后才发现，昨晚的大雨引发的山洪把会仙桥旁的一个石塔给冲倒了。就在豆丁和大黑走近石塔时，一只大山鼠从倒塌石塔的乱石堆里探出头来，鬼鬼祟祟地向四周张望了一会儿，冷不丁瞥见了豆丁和大黑后，吓得慌忙钻回了乱石堆里。山鼠的动作尽管很快，但却未能逃过大黑锐利的眼睛。大黑"汪"的一声，扑了上去，绕着石堆，汪汪号叫，两只前爪快速地扒着碎石块，尖尖的嘴巴使劲地往石块里拱，看样子好像是快要咬到了什么似的。不一会儿，它果然从碎石堆中叼出一个拳头般大小的东西来，但却不是山鼠。大黑把嘴里的东西叼到豆丁跟前，在豆丁的脚旁放下，抬头望着豆丁，领功似的摇晃着脑袋和尾巴。豆丁拾起那玩意儿，在草地上擦了擦，抹去沾在表面的泥土，才看清了大黑叼出来的原来是一个玉葫芦！豆丁在荷花池里把那玉葫芦洗干净。经过清洗的玉葫芦晶莹剔透，散发出阵阵灵光！

　　"我捡到宝贝啦！"看着手中闪闪发亮的玉葫芦，豆丁情不自禁地脱口而出。

　　豆丁对玉葫芦爱不释手，在手里颠来倒去，仔细端详、把玩着。他用力拧了拧葫芦的盖子，感觉好像可以打开。于是他再加了加劲，果真把葫芦盖给拧了下来！但就在盖子打开的一刹那，一件不可思议的事情发生了！一道霞光如剑般从葫芦里直射而出。

　　大黑本来在一旁洋洋得意地看着豆丁玩弄那葫芦的，被那道出其不意的霞光吓了一大跳，整个跳了起来，"汪"的一声蹦出了两丈多远，心有余悸地远远地看着豆丁。豆丁也被吓得本能地把脑袋一歪，躲开那道霞光，差点没把那葫芦给扔了。

葫芦记

⊙ 当豆丁拧开葫芦盖时，一道霞光如剑般从葫芦里直射而出。

段段

　　过了一会儿，霞光渐渐减弱，最后竟消失了。豆丁小心翼翼地把眼睛抵近葫芦口，单着眼睛往葫芦里瞧。但他还没看清葫芦里究竟有些什么东西，就惊恐地大叫一声，将葫芦抛在一边，向后踉跄几步，跌坐在地上。大黑本来刚刚回过神来，正试探地慢慢向小主人靠拢过来，却被豆丁突然的惊叫和举动吓得又跳出两丈远。

　　豆丁瘫坐在地上，双手后撑，喘着粗气，一会儿看看那葫芦，一会儿看看大黑，满脸惶恐，他无论如何也不能相信自己的眼睛，他想，肯定是他自己眼花了！大黑在远处观望了一会儿，见没别的动静，又鼓起勇气战战兢兢地回到了豆丁身边，皱着眉头轻轻地嗅了嗅小主人的脚，仿佛在问："嗨！主人，你怎么啦？"

　　豆丁看了看大黑，又看了看不远处静静躺在草地上的玉葫芦，心有余悸地挠了挠下巴。他究竟在葫芦里看到了什么东西呢？

　　原来当他凑近葫芦口往里瞅时，模模糊糊看见一个孩子般的人持着长矛恶狠狠地向他猛扎过来。这个惊吓对他简直是非同小可！由于实在是太恐怖、太不可思议了！平静下来后，豆丁甚至怀疑自己的眼睛。

　　"世上哪有这么奇怪的事情？！肯定是眼花看错了！"豆丁自言自语道。他爬起来，拍拍屁股，大胆地向那葫芦走去。但当他捡起那葫芦再次往里看时，却发出了更为恐怖的惨叫声！仿佛他手里拿的不是一个玉葫芦，而是一块火热的烙铁似的！他慌忙将其丢开！这次他清清楚楚地看到一个娃娃举着一个金晃晃的、熊熊燃烧的圈子向他砸来。

　　他胆都快要被吓破了！惊慌失措间，带着大黑，赶着老黄，一路狼狈地逃回了家。一回到家，豆丁饭也不吃就上床钻进了被窝里，直打哆嗦。家里人都以为他生病了，围着他嘘寒问暖，但却不得要领，急得团团转。

二

　　由于受惊过度，豆丁在家里整整躺了三天三夜，满脑子都是他所看到的玉葫芦里的东西。他百思不得其解，内心充满了矛盾，从开始的恐惧，到后来觉得不可思议，再到后来的好奇与揣测！可谓五味杂陈！

　　"葫芦里怎么会有人？""葫芦里的人应该不是要伤害我，要不我早被他刺死或砸死了！"豆丁自言自语道。这么一想，他内心又觉得后悔了！"真不应该将那玉葫芦扔掉！说不准那真是一件有用的宝贝！我得赶紧把它找回来，免得被别人捡去了！"

　　心动不如行动！趁没人留意，豆丁领着大黑偷偷溜出了家门，直奔当日发现玉葫芦的地方，希望能找回玉葫芦。

　　事隔多日，加上当时慌乱，豆丁已记不清他扔掉葫芦的确切位置了，只知道大概在哪个方向。这种情况又得依靠大黑了！豆丁轻轻捏了捏大黑的颈项，比划了一下手势，说："去，找回那天那个宝贝！"

　　大黑领会到小主人的意思，但那天发生的事情它记忆犹新，心有余悸。因此虽然知道小主人想要它去做什么，但它却立在原地，一动不动。

　　见大黑没有行动，豆丁很不满意地瞪着它。大黑把头侧向一边，故意避开豆丁的目光。豆丁将手中铁锹重重地往地上一戳，用深沉的语调喊道："大黑！"

　　大黑知道无论如何是推搪不了了，又迟疑了一会儿，苦着脸朝草丛走去，小心翼翼地钻到草丛里寻找主人要找的东西。

大黑果然能干，不一会儿工夫，它就发现了玉葫芦所在的位置，但它并不敢靠近那玩意儿，更别说叼了。它竖起脖子，对着豆丁颤颤地吠了两声，仿佛在说："喂！在这呢！自己过来捡吧！"

"把它叼出来呀！"豆丁知道大黑已经找到了玉葫芦，对着它连声喊道。但即使他喊破了嗓子，用尽了所有威迫、恐吓的手势，大黑却只是在原地摇头跺足，说什么也不敢去叼那玩意儿。

没办法，豆丁唯有自己动手了！他用铁锹拨开杂草，尝试着寻路进去。但草丛下面全是湿地，根本就没有路，豆丁只好踏着泥浆，小心翼翼地向大黑靠近。

玉葫芦就躺在大黑前面一米开外的位置。豆丁用铁锹把葫芦来回拨弄了几下，确认没有危险。尽管如此，他还是不敢用手去捡，只是用铁锹把葫芦铲起，小心翼翼地托着，深一脚、浅一脚地涉着泥浆慢慢走出草丛。

豆丁把葫芦放在一块平坦的大石上，回头向大黑招招手，命令道："过来！"但大黑并不敢靠近他和玉葫芦，依旧只是远远地跺着脚，喉咙里发出"嗯嗯"的无奈的低鸣声。

豆丁对着大黑不满地大声呵斥道，"我都不怕，你怕什么？！"

没办法！大黑只好耷拉着脑袋，嘀嘀咕咕地、很不情愿地走近豆丁身边。

有大黑在身边，豆丁心里感觉踏实了许多！但依然害怕！他做贼似的绕着葫芦转了两圈，俯下身子，远远地对着葫芦口往里看。太远了，没看清！于是他靠近点，再靠近点，渐渐地，他看到了上次从葫芦里看到的那个娃娃。不过，这次葫芦里的娃娃并不像上回那么凶了，竟然和善地向他打招呼。

虽然很害怕，但由于有了心理准备，豆丁这回并没有逃，他决心要弄明白究竟是怎么回事，不过他还是跟葫芦口保持了一点距离。

那娃娃见豆丁不敢靠近，咧嘴一笑说，"麻烦你把葫芦盖盖上，免得我整天守在这里，好吗？"

见那娃娃竟然会说话，豆丁更觉得惊奇了，结结巴巴地问道："你是谁呀？怎么会困在里面的？"

"我？我是三太子哪吒！我不是困在这，我是守在这里！"那娃娃说。

"你是哪吒？"豆丁既好奇又兴奋地惊问道。

"怎么？你也知道我？"那娃娃似乎也觉得很意外和兴奋。

"何止知道？"豆丁说，"哪吒是我们的偶像！"

"怎么？我是你们的偶像？！"那娃娃听豆丁说自己是他们的偶像，脸上顿时乐开了花，"那真是太荣幸了！"

"不过，你果真是哪吒吗？"豆丁小心翼翼地再次追问道。

"怎么，你不相信？"那娃娃晃了晃手中金闪闪的乾坤圈和火尖枪说，"这个还能假吗？！"

"看样子有点像！"豆丁咧嘴笑道。他蹲下来，大胆地把眼睛抵近葫芦口，以便看得更清楚，同时问道："你刚才说你在葫芦里干什么？"

"唉，说来话长！"那娃娃叹了一口气，说："一千多年前，葛仙道长在这修道，炼成了金身，打开了这道天门进入了仙界，他倒好，自己成了仙，却留下了你们人界和我们仙界相通的这道门，为了防止仙凡之间的私自往来坏了天理，玉帝封我为仙门天尊，把守天道。"

"你说这小葫芦口是天门？"豆丁将信将疑地看着那娃娃问。

"是呀！"那娃娃说，顿了顿，大概是觉察到豆丁不理解，于是补充说："就是你们的科学家们常说的时间隧道。"

"哦！"豆丁似懂非懂地点点头，又问道："那你们的仙界在哪里呢？"

"只要进了这个葫芦口，就进入了我们的乾坤了！就好像我们出了葫芦口就进入了你们人界一样！"娃娃说。

"这么小的葫芦能装下你们仙界？"豆丁摇了摇头，感觉对方在忽悠自己。

"难以置信吧？！"娃娃笑着说，"我们仙界与你们人界不一样，你们人界是物质世界，凡事都有个度量，而且也都喜欢度量；我们仙界是一个精神世界，精神世界是缥缈的，既是虚无，又是无限的，是不可以用你们人界的概念来度量的，你看到的只是虚假的表象，但当你进入其中之后，你就会发现它是浩瀚无边的！"

那娃娃的一席话听得豆丁直挠耳腮，云里雾里！他使劲地理了理思路，又问道："那，如果这个葫芦碎了，是不是意味着你们的仙界就没了呢？"

"我说过了，这个葫芦只不过是你们人界进入我们仙界的一条时光隧道，葫芦碎了，只是门没了而已，并不影响我们仙界的存在。"娃娃说。

"既然你们怕仙凡私自往来，为什么不把这个葫芦给毁了呢？那样不是可以一了百了、一劳永逸了吗？！"豆丁说。

"这葫芦是葛仙用人间的精华修炼而成的，它既有仙界的灵气，又有人界的物质，要毁掉它并不容易，必须要人仙联手才能做到。"娃娃说，"再说了，这个葫芦的存在，表面上看是一种巧合，其实是我们仙界与你们人界缘分未尽，故意留下的一条应急通道，以备不时之需。"

"原来如此！"豆丁勉强地点点头，仿佛听明白了什么。

"唉，别说那么多了，快点把盖子盖上，让我歇歇！自从你上次把盖子打开了之后，我就一直守护在这里，其间，为了防止仙凡双方人员私自越界，我眼都不敢眨一下，简直把我给累坏了！"娃娃说。

"盖上盖子之后，我把这个葫芦存放在什么地方合适呢？"豆丁担心地问。

"你能遇见这个葫芦、看见我，是我们的缘分，也是你的造化！玉帝有口谕在先，在人间谁先发现这个葫芦，谁就是人界守护葫芦的使者,你现在已经是人界的葫芦使者了。"娃娃说,"我刚才把天机告诉你,也正是这个原因!你必须要保守这个秘密,千万不可泄露给外人!另外,身为人界的葫芦使者,你对这个葫芦负有看护的义务,在它有妥善的归宿之前,你必须要尽全力看护好它!"

"葫芦使者?要我保管这个葫芦?"豆丁指着自己的鼻尖,瞪着大大的眼睛吃惊地说,"你还是饶了我吧!这么重大的责任,我担当不起!"

说完,豆丁扔下葫芦就想走,却被哪吒叫住了!

"这不是你可以选择的!"那娃娃说,"是你把它从它的藏身之处翻出来的,于理于规你都得负起这个责任呀!否则,就是不道义了!而且,万一因此泄露了天机,弄不好是要受到惩罚的!"

"惩罚?"豆丁惊惶地问道,"什么惩罚?"

"是的,如果泄露了天机,你和你的家人都将受到惩罚!"娃娃说。

"那我现在该怎么办?"豆丁鼓着腮帮子,一脸无奈的样子说。心想,我怎么就摊上了这样的麻烦事呢?!

"听我说,"那娃娃说,"首先把葫芦的盖子盖好,然后好好保管它,不要让它落入坏人手里。平日如果你想见我,想和我聊天,又或是遇到什么困难,需要我的帮助的话,就打开盖子,喊三声我的名字就可以了!"

"喊'哪吒'吗?"豆丁嘟着嘴问。

"是的!"那娃娃笑着说,"记住,是喊三声哦!要不然,我以为是坏人来了,弄不好是要吃我的枪子的哟!"

"哦!知道了!"豆丁郁闷地应道。心想,真倒霉,遇上这样的事情。

豆丁让大黑在草丛里找回了葫芦盖,将葫芦口盖上,把葫芦系在腰带上,罩在衣服下面,忧心忡忡地回家了。

⊙ 豆丁把葫芦系在腰带上，骑在牛背上回家了。

三

回家后，如何处理安置葫芦，让豆丁伤透了脑筋！如果不是怕如哪吒所说的那样遭到惩罚的话，他真想把这个累赘的东西扔进鱼塘里了事！

他原先是打算把葫芦藏在家中的某个角落里的，但找遍了整个房子，都找不到一个合适的地方！他首先想到的是藏在厨房的柴草堆里，但妈妈每天烧火做饭都会去取柴火，那里是很危险的！埋入米缸的大米里更不行了！床底下？姐姐一来收拾东西就会发现！无论放在哪里，都不能让他放心。

"万一被家里人看到了葫芦，发现了里面的秘密，那就等于泄露了天机，是要受到惩罚的！"豆丁越想越不安，思量来思量去，最后决定把葫芦埋在屋后的柿子树下。

好不容易熬到了夜深人静的晚上，豆丁偷偷溜到屋后，在柿子树下挖了一个很深的坑，把玉葫芦埋了下去。填好土，用脚把泥土夯实，弄妥当后，豆丁还感觉不踏实，四周观望了一会儿，又凝望着柿子树沉思良久，才若有所思地回屋去了。

当晚豆丁睡得并不安稳，一直记挂着那个葫芦。

第二天，天刚蒙蒙亮，豆丁就迫不及待地从床上爬起来，跑到屋后查看藏玉葫芦的地方。虽然表面看并没有什么异常，但豆丁很想知道葫芦是否还在原处，以及经过一夜后，葫芦会不会发生什么变化？！在好奇和不安的驱使下，豆丁忍不住用手刨开了泥土！还好，葫芦还在！他松了一口气，用手擦了擦葫芦肚子。当他正要把土填回去时，突然又萌生了想看一看葫芦里的哪吒的念头。不过就在他伸手要把葫芦拉出来时，身后突然响起脚步声和他大姐的喊声。

"丁丁，你这么早起来蹲在树底下干什么？"大姐边问边向他走来。

"没什么！"豆丁慌忙将土填回去，然后嗖地一下站起来，一连几脚，将松土踏实。

"你这是在干吗？！"这时大姐已经来到了他身后，静静地看着豆丁，被豆丁的怪异行为弄得一头雾水！

"没……没什么呀！"豆丁结结巴巴地重复道。

"你在树底下埋什么东西了吗？！"大姐盯着豆丁追问道。

"我，我刚才在树底下撒了一泡尿，所以用泥土把它给掩埋了！"豆丁急中生智道。

"顽皮鬼！"大姐轻轻扯了扯豆丁的耳朵，转身回屋了。

总算把姐姐忽悠过去了！豆丁长长地吁了一口气，拍了拍胸口，暗自庆幸！

吃过早餐后，豆丁照常去学校上学。不过，他根本就没有心思听课！可谓身在曹营心在汉！人在课堂上，心却记挂着家里柿子树下的玉葫芦！神情恍惚，心不在焉！上别的课还好，老师不太管他。但上语文课时，班主任李老师就不能容忍他这种状态了！她在用眼神提醒了豆丁多次无果后，用力把课本一放，大声说道："豆丁同学，你在神游吗？！"

听见老师喊自己的名字，豆丁以为老师在提问自己，条件反射地"嚯"一声从座位上弹了起来，茫然地看着老师，支支吾吾地回答道："不知道！"逗得同学们哈哈大笑。

好不容易熬到放学！豆丁一扯书包，飞跑回家。到家后，没来得及放下书包，他就朝着后院的柿子树直奔而去。还没到柿子树，他远远就看见隔壁烂头禾家的母猪在柿子树下兴奋地拱来拱去。

豆丁心里一惊，心想："坏了！"疾步上前，驱赶母猪。

母猪正好把葫芦拱了出来。它本来只是随便到处拱拱，磨磨嘴皮而已，没想到却意外地拱出了个白花花的葫芦，正暗自窃喜，突然见豆丁朝它冲来，明白对方是要抢夺自己的劳动果实！心里骂道："这些个人，不劳而获惯了！今天遇上俺，你休想得逞！"说着，叼起葫芦，拔腿就往家里跑。

眼看着玉葫芦被母猪叼走，豆丁急得直跺脚，赶紧唤上大黑一起追赶过去。

赶猪可是大黑的强项！不费什么工夫就轻易地追上了母猪。大黑对着母猪的肥臀狠狠地咬了一口，母猪疼得惨叫一声，嘴里的葫芦应声落地。母猪并不甘心！它一个急转身，掉过头要捡回玉葫芦。但却看见大黑像铁塔般挡在了它和葫芦之间。

"让开！"母猪恼怒地说。

"你想干什么？"大黑冷笑着说。

"我要捡回我的葫芦！"母猪说。

"这葫芦是你的吗？！真不要脸！"大黑继续冷笑道。

"就是我的！是我在树底下发现的！"母猪倔强地嚷道。

"你发现的就一定是你的吗？！"大黑反问道。

"那当然！"母猪昂起大脑袋说。

"既然这样，有本事你来抢呀！"大黑嘲讽道。

"抢就抢！难道我怕你不成？！"说着，母猪果真翘着长嘴向大黑冲过来。

"哎呀！真是反了你了！"万万没想到这头猪竟敢向自己发出挑战，大黑觉得既可笑，又可恶！正要上前好好教训教训那头猪。

这时豆丁提着铁锹也追了上来。母猪是无论如何也不敢跟人斗的！见此情景，只好吧嗒着嘴巴，掉头溜走了。

"总算有惊无险！"豆丁拍拍胸口，刚要俯下身去捡玉葫芦，冷不丁被身后一个破铜锣似的声音吓住了："住手！"

豆丁扭头一看，原来是烂头禾！

⊙ 眼看着玉葫芦被母猪叼走，豆丁急得直跺脚，赶紧唤上大黑追赶了过去。

烂头禾指着豆丁喊道:"那是我家母猪给我叼回来的东西!你不要乱动!"说着,上前一掌推开豆丁,捡起地上的玉葫芦,仔细瞅了瞅,自言自语道:"唔,不错!我的母猪就是顾家,就是懂事!老给我捡东西回来!"说完,抬头警告豆丁道:"以后再敢抢我家母猪的东西,小心我到学校去告诉你们老师!"说完,提着葫芦快速闪进了屋里。

"真是欺人太甚了!"豆丁被烂头禾气炸了,冲上前去要夺回葫芦,结果没有对方力气大,被烂头禾一掌推出了门外,跌坐在地上。

"再敢耍赖!小心我打断你的腿!"烂头禾恶狠狠地说。

虽然明知力气没有对方大,但豆丁并不甘示弱,一股脑爬起来,猫着身子再度向烂头禾冲过去,把烂头禾吓得赶紧关门躲避。

"我就不信你一直躲在家里不出来!"豆丁大声喊道。不过随后想了想,觉得还是智取比较有利!于是翻身跳到围墙外,躲藏了起来,等候时机下手。

约莫一袋烟工夫,只见烂头禾家的大门吱呀一声打开了一条缝。烂头禾探出头鬼鬼祟祟地张望了一会儿,见豆丁已不在门外了,才若无其事地从屋里走了出来,锁上门,扛着锄头,大摇大摆地出门去了!

烂头禾的一举一动,被躲在围墙后的豆丁看得一清二楚。烂头禾刚一走,豆丁就迫不及待地翻墙来到了烂头禾的家门口。

豆丁使劲推了推烂头禾家的大门,但推不开,门已上了栓锁!"怎么办?!"豆丁急得直挠腮帮子。

就在这时,一只大公鸡从门旁的狗洞里钻了出来!豆丁眼前一亮,心想,有了!可以从狗洞钻进去嘛!

豆丁先用自己的脑袋在狗洞前比划了一下,感觉刚刚好。经验告诉他,只要头进得去,身体就能进去。豆丁猫下身子,从狗洞爬进了烂头禾家。

毕竟是私自进入别人家的屋，始终"做贼心虚"！进屋后，豆丁刻不容缓，立马展开搜寻。但他并不知道，他这边翻箱倒柜地寻找玉葫芦，那边的烂头禾由于忘带了烟袋正匆匆地往回赶！

当豆丁终于在烂头禾枕头底下找到了玉葫芦时，大门突然吱呀一声打开了，烂头禾回来了。

烂头禾突然从天而降，把豆丁吓得不知所措！烂头禾也被出现在自己家里的豆丁吓了一跳！当他明白过来发生了什么事时，他一个箭步冲到豆丁面前，一把夺过豆丁手中的葫芦，揪着豆丁的耳朵，像牵牛似的，将他拖到他爸爸跟前，往地上一甩。歇斯底里地骂道："看你养的好儿子，都跑到我家偷东西去了！"

"他说你跑到他家偷东西去了，有这回事？"爸爸指着豆丁问道。他平时慈祥的脸此时就像生铁般冰冷。

"我是跑到他家了，但不是偷东西！"豆丁说。

"就是偷东西了！"烂头禾在一旁大声说道。

"你胡说八道！就不是！"豆丁倔强地说。

"做错事了还敢顶嘴？！赶紧向禾叔叔道歉！"豆丁的爸爸呵斥道。

"我没错，我就不道歉！"豆丁扭着脖子说。

"真没家教！"烂头禾摇摇头，装出一脸无奈的样子说。

豆丁的爸爸最怕别人说他的小孩没家教了！顿时他心头火起，冲进里屋，拿出藤条，把豆丁按倒在板凳上，对着屁股就打，边打边狠狠地骂道："打死你！打死你这个不争气的东西！"满腔的怒火全发泄在了豆丁身上！

"这孩子是该打了！再不严加管教，长大后恐怕又是个祸害！"烂头禾一副幸灾乐祸的表情说。

这时，豆丁的妈妈正好从地里回来，远远看见老伴正按着儿子打，慌忙扔下箩筐，冲上前，推开老伴，一把夺过藤条丢在地上，搂着豆丁，心痛地说："你干吗打我儿子？！"

没等豆丁的爸爸开口，烂头禾就抢着说："他跑到我家偷东西了！"

"他偷你什么东西了？！"豆丁妈妈瞪着烂头禾质问道。

"他偷了我的葫芦！"烂头禾说。

"胡说！那葫芦是我的！"豆丁忍着疼痛说，"是他抢我的葫芦在先！"

"胡说！那葫芦是……"烂头禾刚想说那葫芦是他家的母猪捡回来的，但他知道那只是欺负小孩子的话，在家长面前是站不住脚的！

"那葫芦是什么呀？你说呀！"豆丁的妈妈对着烂头禾追问道。

烂头禾被豆丁的妈妈逼得哑口无言！最后抛下一句："我不管！反正就是他跑到我家去偷东西！"说完就狼狈地离开了。

"欺负小孩子，真不像样！"妈妈对着烂头禾离去的方向骂道，末了，摸着豆丁屁股上的伤痕，心痛地问："疼吗？"

豆丁摇了摇头，说："不疼！"

"都打成这样子了！不痛才怪！"妈妈说，转身责怪他爸爸道："这可是你的亲儿子！亏你下得了这么重的手！"

豆丁的爸爸蹲在板凳上，一声不吭地搓着自己的脑门。可以看出，他心里并不好受。

"妈妈，是我不好！你不要责怪爸爸！"豆丁不希望父母因他的事吵架，所以安慰道。

妈妈摇了摇头，偷偷撩起袖子擦了擦眼角，转身做家务去了。

豆丁非常担心葫芦里的秘密会被烂头禾发现。为了避免夜长梦多，他下定决心，无论如何都得想办法尽快夺回玉葫芦！所以，尽管刚刚挨了爸爸的打，豆丁顾不上身上的疼痛，瞅准了一个机会，再次潜入了烂头禾家。但这次他全屋子都找遍了，却连葫芦的影子都没见着，最后只得空着手悻悻而回。

四

自从捡了这个葫芦后，平添了许多莫名的烦恼事！当初为什么要捡这个破葫芦呢？！豆丁越想越后悔！但事到如今，后悔也没用了，因为这个葫芦已跟他扯上关系了！他必须负责到底！

当晚，由于惦记着玉葫芦的事，豆丁辗转反侧，彻夜难眠！好不容易迷迷糊糊睡着了，却梦魇连篇！他一会儿梦见葫芦不见了，一会儿梦见葫芦找到了；一会儿梦见自己被恶鬼追得无处藏身，一会儿梦见自己和葫芦里的哪吒一起腾云驾雾。迷糊间，听见有人在他耳边轻声嘀咕说："烂头禾家门前有一堆稻草，葫芦就藏在稻草堆下！"

豆丁一听，喜出望外，兴奋得从床上跳了起来，却发现周围空空如也，人影都不见一个！原来还是个梦！

不过，豆丁还是抱着试一试的心态，悄悄来到烂头禾家碰碰运气。在烂头禾家门前，豆丁果然看到一堆稻草，心里不禁一阵窃喜。趁四下无人，他快速跑到稻草旁边蹲下。略作观望后，当他按梦里的位置拨开草堆时，一个熟悉的物体跃然在目！玉葫芦果然静静地躺在草堆里！豆丁欣喜若狂，赶紧抱起玉葫芦，一口气跑了出去。

玉葫芦失而复得，终于保住了秘密，豆丁如释重负。

来到一个静僻的地方，在好奇心的驱使下，豆丁忍不住打开了葫芦的盖子。

葫芦里的哪吒似乎早已料到豆丁会来见他，没等他反应过来，就主动微笑着向他招手道："嗨，葫芦使者，见到你真高兴！"

“高兴啥？！差点出大事了！葫芦差点丢了！”豆丁噘着嘴说。

“怎么可能会丢？！”哪吒漫不经心地说，仿佛一切早在他的掌控之中，“看，这不是已经找回来了吗？！”

“难道你知道葫芦被烂头禾抢去的事？”豆丁惊讶地问。

“何止知道？！”哪吒得意地说，“昨晚如果不是我在你耳边告诉你葫芦在什么位置，料你今天也找不回来！”

“啊？原来昨晚是你托梦给我呀？！”豆丁恍然大悟道。

“不是托梦，是我趁你睡着了，在你耳边嘀咕告诉你的！”哪吒哈哈大笑道。

“原来如此！怪不得我明明听见有人在我耳边说话，醒来后却不见人影！”豆丁轻轻点了点头，说，“那真是得谢谢你！”

“客气啥，再说了，葫芦的事也就是我的事！”哪吒笑着说，“以后，你如果遇上什么困难，尽管找我好了，说不定我能帮上忙哦！”

“嗯！”豆丁不置可否地应道。心想，帮忙？不给我惹麻烦就已感谢你八辈祖宗了！

这天，豆丁因一时贪玩，放牛时把老黄牛给丢了。牛不见了，大家急呀！一家人全部出动去找，甚至一些亲朋好友也都过来帮忙找。可是，能想到的地方都找过了，始终不见老黄牛的踪影。最后，大家一致认为，老黄牛肯定是被飞来石下的那条大蛇吃掉了。

牛不见了，最难过的莫过于豆丁了！他既自责，又担心！自责的是，牛丢了是由于他的贪玩造成的；担心的是，万一老黄牛真的被大蛇吃掉了，他家日后就没法种田了！

不行，一定要想尽办法找回老黄牛！如果那条蛇真的吃掉了老黄牛，一定要让它血债血偿！豆丁紧紧握住手中的铁锹，心中充满了怒火和勇气！

但随后一想，万一打不过那该死的大蛇怎么办？！这么一想，豆丁的勇气立马泄掉了一半！正在懊恼间，豆丁的手突然碰到了腰间的那个葫芦。他不禁眼前一亮，想起了葫芦里哪吒曾经说过的话。

"他不是说有困难就找他吗？现在就有困难呀！"说时迟，那时快，豆丁赶紧取下葫芦，拧开盖子，对着葫芦口喊了三声："哪吒！哪吒！哪吒！"

"你好呀，老朋友！"葫芦里果然传来了那个娃娃的应答声，"有什么事吗？"

毕竟开口求人难！豆丁显得有点难为情，结结巴巴地说："有件事想请你帮个忙，不知道可不可以？"

"说吧！只要我能做到的，就一定没问题！"哪吒爽快地说。

见哪吒居然这么痛快，豆丁顿时顾虑全无，说："是这样的，我家的老黄牛不见了，有村民说可能是被大蛇吃掉了，但我不甘心，想请你帮我出出主意，帮忙找回老黄牛，行吗？"

"小事一桩！"哪吒说，"让我去天镜查看一下就全明白了！"

"那就劳烦你了。"豆丁拱了拱手说。

"别客气！"说完，哪吒使了个分身术，一个留守原地，另一个飞身去了。

"哇！你还能分身的呀？！"豆丁惊讶道。

"别忘了我可是有三头六臂的哟！"留守的哪吒不无得意地说。

不一会儿，离开的那个哪吒回来了，两个哪吒合二为一。

"找到了！"哪吒说。

豆丁万没想到会这么快，他又惊又喜，迫不及待地追问道："在哪呀？没被大蛇吃掉吧？！"

"没有的事！"哪吒说，"在你们村东南面五里处的山脚下，有一片长着高高芦苇草的沼泽地，你家的牛就陷在其中，动弹不得，由于被草遮掩住了，所以你们没有发现它。"

"我知道那个地方！我现在就去救它出来！"豆丁顾不上说谢谢，拎着葫芦转身飞奔而去。

豆丁气喘吁吁地来到那片沼泽地，用铁锹拨开芦苇草，果然看到了身陷淤泥中的老黄牛。

当时天已全黑，月光下，只见老黄牛困在淤泥中，动弹不得，满脸绝望！

一见到老黄牛，大黑首先跑了过去，用舌头不停地舔舐老黄牛的脸，以示安慰。

绝望中的老黄牛看见豆丁和大黑，就好像见了救星似的，即时精神抖擞！

"你别急，我马上救你出来！"豆丁对着老黄喊道。老黄对着豆丁扇了扇两只大耳朵，仿佛在说："知道了，谢谢！"

豆丁上前使劲推了推牛屁股，但却好比蚍蜉撼树，牛纹丝不动！

豆丁一筹莫展，心想："看来唯有回去请几个大人来抬它出来了！"

豆丁把自己的想法告诉了哪吒。

哪吒手托下巴，想了想，说："算了，我就帮人帮到底吧！"

"哦？你能帮我把它弄出来？"豆丁期待地问。

"我有个办法，叫作互相借力！"哪吒说。

"不懂！"豆丁挠挠后脑勺说。

"就是我借助你的物理身体，你借助我的神力！"哪吒说。

"你为什么不直接把牛拉出来呢？！为什么要这么麻烦借来借去呢？！"豆丁不解地问。

"别忘了咱们可是两个不同空间的人，在你们的空间里，我们只是虚无的灵气，必须附在你们的身体上，借助你们的物理身体，我们的力量才有着力点。"哪吒说。

"这么复杂？！"豆丁挠了挠后脑勺说，"那具体该怎么做？"

"你先走到老黄牛身边，然后连喊三声我的名字就行了！"哪吒说。

"明白！"豆丁说，"看来并没想象中复杂！"

豆丁拎着葫芦，提着铁锹，深一脚、浅一脚地走到老黄牛身旁，然后对着葫芦口连喊了三声："哪吒！哪吒！哪吒！"

话音刚落，只见葫芦里的哪吒又一分为二，其中一个飞身出了葫芦口，化作一个影子重叠在豆丁的身体上。

一旁的大黑看见一个影子附在了豆丁身上，吓得魂飞魄散，逃得无影无踪！在接下来的几天里，一见到豆丁，大黑就远远躲开，无论豆丁怎么叫它，它都不肯靠近豆丁，把豆丁给气坏了。

再说当时，豆丁闭着眼睛，感觉到一股热气从脚底直往上涌，身体像充了气似的浑身发胀，慢慢地凌空升起，然后稳稳地停在了空中。这时，豆丁慢慢地睁开眼睛，最让他感到不可思议的是，自己的两只脚竟踩在了两个熊熊燃烧的火轮上！"这样也行？！"豆丁惊叹道。

"去吧！去把你的牛托出来！"葫芦里的哪吒喊道。

脚下踩着两个大火轮，豆丁一时手足无措，他木讷地立在原地，不知如何是好！就在这时，两个火轮竟然自动地平平稳稳地把他送到了老黄牛的跟前。

"别浪费时间了，赶紧动手吧！"见豆丁犹豫不决的样子，哪吒催促道。

豆丁晃了晃脑袋，让自己清醒一下，一咬牙，照着哪吒说的方法，双手托住牛腹，连他自己也不敢相信，他竟然轻轻松松地把牛托了起来！

豆丁把牛捧出了泥潭，稳稳当当地放在了坚实的地上。

"真不可思议！"豆丁看着自己的双手，惊叹道！

这时他突然感到身子一轻，两个火轮不见了，身体像泄了气的皮球一样落到了地面。

葫芦记

⊙ 豆丁发现自己的两只脚竟踩在了两个熊熊燃烧的火轮上。

哪吒的影子离开了他的身体，纵身跳回了葫芦里，再与里面的哪吒合二为一。

"快回家去吧！你的家人还在家里焦急地等着你呢！"见豆丁还立在原地发呆，哪吒笑着挥挥手说。

"哦，好！好！好！"豆丁如梦方醒，连声应道。

"记住，千万别把今晚的事告诉任何人。"哪吒嘱咐道。

"知道了，放心吧！"豆丁保证道。

当豆丁把牛带回家时，已经是半夜了！家人和一些亲戚还在。他们聚在大堂里，七嘴八舌地讨论着老黄牛的事。

为了避免家人的刨根问底，豆丁决定不让大家知道牛是他找回来的。他偷偷把牛直接赶进了牛棚，然后自己悄悄地溜进了屋。由于大家都把注意力放在了找牛的话题上，所以几乎没有人留意他进来。

混在大人中间坐了一会儿，豆丁找了个借口出去。他在屋外转悠了一圈，然后大声喊道："爸爸！妈妈！我们的老黄牛自己回来了！"

正值农耕，不见了牛，豆丁的父母心里有多着急，那是不在话下了。正发愁，突然听见外面豆丁说牛自己回来了，简直是喜从天降！他们连鞋子都顾不上穿，踉踉跄跄地跑到牛栏一看，果然看到老黄牛正卧在牛棚里反刍。要不是亲眼看见，豆丁的妈妈还以为是在做梦呢！老人家悲喜交加，眼泪哗哗直流。

当晚，大家终于睡了一个安稳觉！豆丁睡得特别香，所有人当中，只有他知道事情的真相。"看来这个葫芦还真有点用处！"他想。

从此，豆丁彻底改变了对这个葫芦的态度，从开始把它当成累赘，到现在全然把它当成了宝贝和亲密的伙伴，整天形影不离，一有机会就打开葫芦盖，与葫芦里的哪吒聊天。

渐渐地，豆丁与葫芦里的哪吒也成了好朋友！哪吒承诺，一旦机缘成熟,他要带豆丁到他们的世界里去走走、看看,让豆丁开开眼界,体验一下神仙的生活。

五

自从哪吒说要带自己到仙界体验生活之后,豆丁日盼夜盼,盼望着那天的到来!

有天放牧时间,豆丁在一块石头上坐下,趁周围无人,他打开葫芦盖,问哪吒:"你真的能带我去你们仙界玩吗?"豆丁问。

"我像是骗你的样子吗?!"哪吒反问道。

"没说你骗我!我只是觉得好奇,到时,我从哪里进入你们仙界呢!"豆丁说。

"还能从哪进?!就从这个葫芦口进来呀!"哪吒说。

"葫芦口这么小,我怎么可能进得去?!"豆丁把大拇指对着葫芦口使劲按了按,摇摇头说,"葫芦口还放不进我的一个拇指呢!"

"哈哈!我们神仙世界是不能用你们凡间的维度来衡量的!"哪吒说。

"不明白!能说得详细些吗?"豆丁说。

"不能!这是天机!"哪吒把手指放在嘴唇,轻轻吹了一口气,卖了个关子,"其实你不必明白,反正我可以帮你穿越过来就是了!"

"哦!好吧!"豆丁噘着嘴说,"不过你最好定个具体时间,让我有个心理准备。"

哪吒看了看天象,说:"明晚吧!明晚风不大,适合过河!"

"太好了! 大概几点钟?"豆丁问。

"这你不用管,你只管像平常一样睡着觉就可以了!"哪吒说。

"睡着后才能穿越吗?"豆丁问。

"这是其中一种途径。"哪吒笑着说。

"哦!"豆丁似懂非懂地点点头。

"睡觉时,记得把葫芦放在枕头边,并且把葫芦盖打开哈!"哪吒补充道。

"记住了!"豆丁忐忑地点了点头。他此时的心情反而有点矛盾,一方面,他对那个世界充满好奇和憧憬;另一方面,那个未知的世界又委实让他感到恐惧! 不过,他还是决心要试一试。

好不容易到了第二天晚上,豆丁早早就上床睡觉了。他按照哪吒说的那样把葫芦的盖子打开,放在枕头边。

枕头和被子很长时间没换洗了,散发出阵阵刺鼻的汗臭味,他真担心汗臭味会把哪吒给熏跑了。

"这样可以吗?"豆丁带着歉疚的语气问葫芦里的哪吒。

"可以了,你赶紧睡觉吧!"哪吒说。见哪吒对被褥的汗臭味似乎并不在意,豆丁悬着的心才放了下来。

"我心情有点小激动,睡不着。"豆丁说。

"别想太多,静下心来很快就会睡着的。"哪吒安慰道。

这时,门外传来了脚步声,豆丁听得出是妈妈来了,于是赶紧让哪吒不要说话,顺手把葫芦塞进了被窝里。

妈妈进了屋,"丁丁,你刚才在跟谁说话呀?"一进屋,妈妈就问,还探头在豆丁床底下看了看。

"没有啊,我在背书而已!"豆丁搪塞说。

"这么晚了,不要背了,赶紧睡觉吧!"妈妈帮他把被子往上拉了拉,顺便摸摸他的脑门。

"好的! 妈妈你也赶紧去睡吧!"豆丁不停地催促他妈妈赶紧

葫芦记

离开。

"我没这么早睡,我还要准备明早的猪食呢!"妈妈说。

"哦!那你赶紧去准备吧!"豆丁再次催促道。

"这孩子今天是怎么啦?!"妈妈似乎感觉到豆丁有点不太正常,但又找不出什么破绽,只好悻悻离开了。

妈妈一走,豆丁就迫不及待地把葫芦从被窝里拿了出来,重新在枕头边放好,对着葫芦口说道:"哪吒,我要睡了。"

"赶紧睡吧。"葫芦里的哪吒说。

不知道是由于太兴奋,还是过于紧张的缘故,豆丁在床上翻来覆去,折腾了好长时间,才渐渐睡去……

"嗨!老朋友,你躺在这干吗?"就在豆丁睡得正酣时,哪吒把他叫醒了。

"唉,你把我叫醒干吗?你不是说等我睡着后带我去你们的世界里看看吗?"豆丁说。

"没错呀,咱们现在就走!"哪吒说。

"可是我没睡着呀!"豆丁说。

"现在这样子就行了!"哪吒微笑着说。

"不是在忽悠我吧?!"豆丁嘟哝着说。

"假不了,走吧!"说完,哪吒拉起豆丁的手就走。

哪吒拉着豆丁纵身跳进了葫芦口。说也怪,当他们通过葫芦口时,竟然感觉不到葫芦口的存在。进了葫芦口,只见迎面一条奔腾的大河。大河悬在空中,如同一道帘幕挡住了他们的去路。哪吒指着那条河说:"这就是银河!是阻隔仙界与人界的最后一道屏障,你们即使侥幸进了葫芦口,如果没有仙人的引路,也是过不了银河,进入不了仙界的。"

"好壮观呀!"豆丁望着那条银河感叹道,"我现在能过去吗?"

"有我给你引路,有过不去的道理吗?!"哪吒拍着胸口,得意地说。他取下身上的混天绫，临风一甩，喊一声"去"，混天绫立马变成了一道霞光射向滚滚奔腾的银河，形成了一条穿越银河的隧道。"快走！"哪吒牵着豆丁的手，风一般地从隧道穿过了银河。

六

　　出了隧道，放眼一看，豆丁立马被眼前的景色吸引了：只见花草树木云上长，小溪潺潺空中流，还有那亭台楼阁，通通如浮在空中；到处都是碧水蓝天、白云紫绕！这不正是传说中的天宫仙境吗？！

　　"真美呀！《西游记》里所记载的仙境原来真的存在！"豆丁感慨地叹了一口气，说。

　　"美吧？！"哪吒不无得意地说，"想先去哪看看？"

　　"都行！听你的！"豆丁不假思索地脱口而出，但随后又挠挠后脑勺，带着点不好意思的口吻说："能带我去花果山看看吗？"

　　"花果山？"哪吒想了想，说："行！我也很久没见圣佛猴哥了，趁这次机会刚好顺道去拜访拜访他！"

　　哪吒把他的混天绫抛向空中，说声："变"，混天绫即时变成了一条飞毯，哪吒让豆丁坐上飞毯，带着他直奔花果山而去。

　　一眨眼的工夫，他们就来到了花果山下。哪吒收起飞毯，正准备和豆丁登山，旁边突然闯出两个看门的猴，将他们拦了下来。

　　"站住！"两个猴子挥舞着手中的大刀喝道，"干什么的？"

　　哪吒上前行了个礼说："两位猴哥，我是哪吒，今儿领个朋友来你们这里参观参观，还请行个方便！"

葫芦记

"什么拿渣、拿水的！不认识！我们这里不是公园，不对外开放，快滚！否则小心我挠花你们的脸！"其中一个猴子凶巴巴地举起爪子，晃了晃，做出恐吓的样子说。

堂堂仙门天尊，被两个赖猴如此奚落，哪吒顿觉颜面尽失，气得七窍生烟，正欲发作，但转念一想：对付这几个毛猴倒不算什么，但他们可是孙悟空的手下，正所谓打猴看主人，那个弼马温可不是好惹的。于是他强压怒气道："既然两位保安哥不让我们进去，我们只好去找斗战圣佛孙悟空了！"说完，带着豆丁离开了花果山。

见害得哪吒如此尴尬，豆丁也觉得很过意不去，说道："既然这里不让参观，那就算了吧！咱们到别处随便转转、看看就行了！"

"那哪行？！"哪吒一脸不服输的样子说，"我答应过你的事情就一定能办到！否则，这几百年的江湖不就白混了！我们先去圣佛孙悟空那吧！反正此行也是要见他的！"

哪吒带着豆丁来到了紫檀山。

孙悟空正端端正正地在一块大石头上闭目打坐。哪吒牵着豆丁上前几步，对着闭目而坐的孙悟空拱拱手，毕恭毕敬地说："给圣佛请安了！"

孙悟空眯缝着眼睛瞟了瞟眼前的两个人，嘴角掠过一丝不易觉察的笑，懒洋洋地睁开眼睛，假装惊讶地说："哦，是天尊来了呀！不知天尊驾到，有失远迎，见谅！见谅！"

其实孙悟空早就知道哪吒他们要来了，而且已掐算出他的来意，他只是故意慢待逗弄一下哪吒而已，"你不在天门护道，擅自离岗，跑到我这里来，就不怕玉帝治罪于你？"孙悟空装出一本正经的样子说。又瞟了瞟他身旁的豆丁，"怎么，还带了个凡人上来？难道你忘了咱们是不允许擅自带凡人进来的吗？！"

哪吒赶紧把手指放在嘴边，"嘘"了一声，故作紧张地环顾了一

⊙ 孙悟空眯缝着眼睛瞟了瞟眼前的两个人，嘴角掠过一丝不易觉察的笑。

下四周，生怕被别的仙人听见似的，说："圣佛有所不知，这是人界新任的葫芦使者，负责守护仙凡通道的另一端，也算是我们仙界的临聘人员了，不是外人，来这里参观交流一下也是应该的！严格来说不算违规！"

"哦，原来如此！那确实应该带他来串串门！"孙悟空挠挠腮帮子，诡异地笑了笑，接着说道："天尊到此肯定不是光来看看我而已吧？有什么事？说吧！"

见孙悟空如此痛快，哪吒也就不见外了，向他说明了原由。

听罢，孙悟空摇摇头说："我那帮孩儿也真是的，都什么年代了，脑子还不开化！再说了，有人来参观有什么不好！趁机收些门票，挣些买水果的钱，何乐而不为？！"

"圣佛真会开玩笑！谁不知道花果山盛产水果？你们花果山还用得着去外面买水果？！"哪吒摇摇头，无奈地说。

"唉！不瞒你说，近些年受气候变化和病虫害等影响，花果山水果的产量已一年不如一年了！那些猴儿，自从过上太平日子后，所谓饱暖思淫欲，整日无所事事，唯有生娃，导致猴口数量激增，猴多果少；加之这些猴儿思想僵化、故步自封，不思改革，不搞产业结构调整！坐吃山空，再不收点门票创收，恐怕难以为继呀！"孙悟空忧心忡忡地说。

"圣佛不是也想向我收门票钱吧？！"哪吒笑着说。

"唉！咱们兄弟间就不谈这个了！"孙悟空摆摆手说，"况且，收门票的事也只是我的初步构想而已，真要收，还得向玉帝打个签报申请，否则，被冠以乱收费的罪名，弄不好可是要被重罚的呀！"

"哈哈！看来圣佛心里边还是有我这个小弟的呀！"哪吒拱了拱手说，"那就麻烦您给我们开一个介绍信，好让我带葫芦使者去参观一下你的农家乐吧！"

"都什么年代了，还用介绍信！"孙悟空边说边从耳朵眼儿里掏出他那根金箍棒，说了声"变！"金箍棒立即变成了一部手提电话，"现在用这玩意儿了！"孙悟空得意地扬了扬手中的电话说。

"天条不是规定咱们不能用人界的东西吗？你怎么还……"哪吒指着孙悟空手里的电话说。

"明明是好东西，为什么不能用？！"孙悟空一脸认真地说，"现在人界好多东西都远远超越我们了，我们要接受这个现实，不能仅仅因为偏见而拒绝新东西、好东西，这样做受损失的是我们自己！"

说话间，孙悟空已接通了电话，"喂！快给我找你们的主管，"孙悟空对着话筒喊道，"什么？又不在？"孙悟空一副恼火的样子，"等他回来后你告诉他，如果他再敢擅离岗位，我就把他这个主管给撤了！"

见孙悟空生气，哪吒本想劝他几句，却又无从开口，只好面带歉疚垂手而立，静听下文。

"这样吧！你给我听着，"孙悟空又对着话筒喊道，"待会儿哪吒天尊带他的一个朋友去你们那里参观，你们要给我好生接待，如有怠慢，回头我抽你屁股！"说完，把电话变回绣花针收于耳朵眼儿，叹口气，摇摇头说："我这班孩儿太不懂事了，把花果山交给他们照料，你说我能放心吗？"顿了顿，摆摆手说，"好了，你们可以去了！我跟主管的猴秘书交代好了！"

哪吒谢过孙悟空，领着豆丁又回到了花果山。

七

有了孙悟空的指示,这回的待遇就大不一样了!豆丁和哪吒在花果山得到猴子们的盛情款待。那个孙悟空刚才电话里要找的猴主管,气喘吁吁地从山外跑回来亲自接待豆丁他们,请他们吃山上产的最好的果品,带他们游玩水帘洞,特意安排了一群杂耍的猴子在水帘里跳来跳去,表演给豆丁和哪吒看,还让他们参观了当年蹦出孙悟空的那块石头。不过,与当年相比,石头上多了玉帝的亲笔题字:"石破天惊处。"据猴主管介绍,这几个字是大圣成佛后,玉帝下来赏春视察,游经此石时,心生感触而留下的朱笔。

游玩中,豆丁发现,这里所有的生物,无论动物、昆虫,都在相互说话、相互交流,不同物种,彼此有说有笑,相处融洽。豆丁好生奇怪,拉着哪吒问道:"你们仙界所有生物都能相互交流吗?"

"那肯定啦!"对于豆丁的这个问题,哪吒似乎感到有点意外。

"真是太奇妙了!"豆丁感叹道。

"这有什么大惊小怪的?!"哪吒说,"每种生命,包括你们人界的,都有自己的语言!"

"你是说在我们那边,其他动物也一样会说话吗?"豆丁惊讶地问。

"那当然!"哪吒说,"每种生命都有自己的思想和见解,只是你们人类太自以为是、太以自我为中心了,被自己的偏见所蒙蔽了而已。正如刚才孙大圣所言,其他生命一直都在聆听和观察着我们，而我们却对它们视而不见，结果是它们非常了解我们，而我们却不认识、不了解它们！"顿了顿，补充道，"对了，今儿你来了我们仙界，吸收了我们的仙气，回去后你就已具备听懂其他动物语言的特异功能了！"

"真的？"豆丁双手轻轻捂着自己的耳朵，一副不可思议的样子。

"是真是假，回去一试便知！"哪吒笑道。

"回去后我得认真听听身边的动物都在说什么！"豆丁跃跃欲试地说。

游遍了花果山，时间尚早，哪吒问豆丁还想去哪走走、看看？豆丁挠着脑袋想了半天，一时竟想不到什么别的地方，于是随口问道："我能看看你那天帮我找牛时看的天镜吗？"

"天镜？"哪吒皱起眉头，挠挠腮帮子，看似有点难处。

见哪吒为难，豆丁赶紧说："如果有难处，那就不去了，我也只是随口说说而已！"

"开什么玩笑？有什么难？！"哪吒拍着胸脯说，"我告诉你，在这里还真没有我哪吒办不到的事！走，看天镜去！"说完拱手向那位猴主管说了声再见，转身就要走，却被那猴主管一把拉住。

"不知两位对我们的接待是否满意？"猴主管嬉皮笑脸地问。

"满意！太满意了！"哪吒竖起大拇指说。

"满意就好！满意就好！"猴主管差身边的一只毛猴取来意见本，满脸堆笑地说："满意的话，不知能否劳驾天尊在此留下墨宝？"

哪吒翻了翻留言本，见上面已有许多的留言，写得大多都是"非常满意"，于是自己也在上面写下"很好！非常满意！"六个字，然后署上名字和日期。

猴主管满心欢喜地收回本子，末了还嘱托哪吒，若见着圣佛请替他多多美言几句。"实不相瞒,"猴主管尴尬地说,"我这主管仍在试用期,还没转正,所以……"

"哦! 明白! 我明白了! 你只管放心好啦,我一定向圣佛替你多说好话!"哪吒拍拍那猴的肩膀说。

那猴听了连连叩头致谢,最后还送了一篮子上好的果品给哪吒他们,说:"小意思! 小意思! 留着路上吃!"

"哎呀! 猴主管太见外了吧!"哪吒边说边收下了水果,心里暗暗道:"来得正好! 我正愁没手信送给那对看守天镜的金童玉女呢!"

哪吒带着豆丁一路来到了南天门的宝镜阁。哪吒先让豆丁在一根柱子后面躲起来,自己提着水果先行进了宝镜阁。

一见到哪吒,本来无精打采的金童玉女立马像见到亲人似的精神焕发,热情地拱手招呼道:"不知天尊驾到,有失远迎,请多见谅!"

"唉! 都是自己人,不用如此拘谨多礼!"哪吒摆摆手说。

"哎呀! 天尊驾到,蓬荜生辉!"金童由衷感慨道,"不知天尊前来有何吩咐?"

"哪敢吩咐你们呀!"哪吒拱拱手说,"前些日子借用你们的镜子,给你们添麻烦了,今日特意前来给你们捎点水果,以表谢意,还望笑纳!"哪吒边说边将那篮子水果递了过去。

"天尊真是太见外了!"金童玉女高兴地接过那篮水果道,"难得天尊仍惦记着我们,"金童抓着哪吒的手感动地说,"天尊若有用得着咱们的,请尽管吩咐,咱们定当效力!"

"言重了! 言重了!"哪吒连声说,"赶紧吃水果! 赶紧吃水果! 这可是花果山的特产! 新鲜着呢!"

"哦? 是大圣老家的特产,那就不客气了!"金童玉女边说边席地而坐,津津有味地吃起了水果。

"这水果来得真是时候!"玉女一边啃着水蜜桃一边说,"再不吃点水果，我恐怕就受不了了！"

"怎么了呢？"金童嚼着香瓜问。

"唉！别提了，近来便秘严重，浑身都不舒服！"玉女一脸痛苦的表情说。

"怪不得近来发现你眼圈黑得像熊猫似的，原来是便秘！"金童说，"你有便秘，平时应多吃水果，而且最好是早上空腹时吃，空腹吃水果，通肠胃！"

"唉，你又不是不知道，要不是今儿天尊送来这篮子水果，我们哪来的水果吃，"玉女叹气道，"我们都成了被遗忘的角落了，那些大神只有在需要查询资料时才会想起我们，平日挂在嘴上的所谓人文关怀，都是假的！哪有人会真的关心我们的生活？！"

"唉！说来也是！"金童无奈地摇摇头说。

"看来你们的日子也不好混呀！"一旁的哪吒听了，同情道。

"可不！当初为了参选金童玉女，把一切都荒废和放弃了，千辛万苦、轰轰烈烈地备选，刚被选上时是多么的风光和荣耀，以为有什么大好前程等着，没想到竟是来守这个破镜子，而且一守就是千年，如今人老珠黄了，却还被称作小金、小玉，除了辛苦和无聊，加薪、晋职永远轮不到咱们，真是后悔死了！"玉女边吃水果边懊悔地吐着苦水！

玉女和哪吒对话时，金童一直在一旁默默地低头吃着水果。玉女的话也戳到他的痛处了。当初他俩被喻为美貌与智慧的化身，在无数竞选者中脱颖而出，可谓集万千宠爱于一身。当时的他们雄心勃勃、傲视同龄，以为从此走上了星光大道，成星成腕，没想到却是这等干活。如今，当初落选的伙伴要么升了、要么发了，而他们俩却空守一面镜子，成了老童男、老玉女，怎叫他不沮丧呢？！

"是呀！后悔呀！正所谓男怕入错行，女怕嫁错郎！今儿个算是应验了，所幸的是，你还没有嫁，还有选择的机会，到时一定要谨慎挑选呀！"金童叹了口气说。

"挑个鬼吗?!当初是千挑百选不中意,现在是人老珠黄,高不成低不就,能嫁出去就算不错了,哪还有条件挑?!"玉女伤感地说。

"哎呀!我说,你们两个,一个没嫁,一个没娶,干脆配一对算了,所谓肥水不流外人田嘛!"哪吒开玩笑地说。

"打住!"玉女做了个停止的手势,说:"两个都是清水衙门的,那一点点工资,加起来还不够我买化妆品呢!更别说买房了!现在房价这么高!怎么过?!"

"天尊,你这么关心人家玉女,难不成你自己想上?!"金童也笑着说,"如果是就不怕表白哦!反正我们玉女想找的就是你这样的神二代!"

"嗨!我一个小孩,早着呢!"哪吒说。

"啧啧!你还小孩?!笑死人啦!"玉女摇摇头说。

哪吒哈哈笑了笑,做了个请的手势,说:"吃水果!吃水果!"

趁金童玉女吃水果的当儿,哪吒向躲在柱子后面的豆丁招了招手,示意他赶紧过来。方才金童玉女的对话,豆丁听得清清楚楚,他万万没想到,这些他们凡人心目中的仙人,竟也有满腹的牢骚和不如意!不禁感慨万分!心想:"若我能成仙,守一辈子镜子我都愿意!"

玉女一抬头,正好看见豆丁走到天镜旁,准备探身往镜里看,她赶紧扯了扯金童的袖子,对着豆丁努了努嘴,示意道:"那人是谁呀?不能随便让他看天镜吧?!"

"唉,管他呢!是天尊的人。"金童咬了一口手中的水果说。

"那也是!这年头,谁对咱们好,咱们就听谁的!"玉女擦了擦嘴角的果汁说。

哪吒拍拍豆丁的肩膀,对着金童玉女笑了笑,算是征询他们的意见。金童玉女也报以微笑,算是许可了。哪吒一边打开天镜让豆丁看,一边给他讲解天镜的功能。

"通过天镜能看到过去和未来发生的事情,"哪吒说,"你想知道哪天的事情,只要把天镜的时间地点设置一下就可以了!"

翻阅中,豆丁无意间看到他们的校舍被山泥掩埋的情景,不禁大吃一惊,连声问道:"这是什么时候的事?"

"这是明天上午发生的事呀!"哪吒说,"既然你知道了,你明天早上就别去上学了,这样你就可以逃过一劫,但你千万不要跟其他人讲,免得泄露天机!"

看见自己的学校竟活生生地被山泥掩埋了,豆丁惊得目瞪口呆!

哪吒本来还想往下演示天镜给豆丁看的,但此时的豆丁已心不在焉了!他正想着明天的事情,想着老师和同学们的安全呢!

"一定要想办法救他们!"豆丁心想。

哪吒似乎看穿了豆丁的心思,说:"你不会把明天学校的事告诉你的老师和同学吧?!"

"嗯!"豆丁点点头说,"我不能眼睁睁地看着他们遇害!"

"我不是跟你开玩笑的!那样做的话,你是会受到惩罚的!"哪吒说。

"让我眼睁睁地看着这么多老师和同学遭受灾难,我过不了自己良心这一关!如果那样的话,我宁可自己一个人受到惩罚!"豆丁痛苦地摇摇头说。

哪吒静静地看着豆丁。他万没想到,这个来自凡间的小放牛娃,竟然有如此的担待和正义感!不由得对他肃然起敬!他越发喜欢这个朴素的小男孩了!他认定这个朋友了!他无论如何不能失去这个朋友!因此决定要帮帮他。

"如果你非要救你的老师和同学的话,你可以用一种含蓄的方法。"哪吒说。

"什么含蓄的方法?"豆丁问。

"就是,既能让大家躲过这场灾难,又不泄露天机!"哪吒说。

葫芦记

⊙ 哪吒一边打开天镜让豆丁看，一边给他讲解天镜的功能。

"哦？能具体点吗？"豆丁问。

"我只能说到这了！"哪吒说，"具体怎么做，你自己把握吧！"

"好的！谢谢了！"豆丁拱了拱手说，"我得马上赶回去救他们，晚了恐怕来不及了！"

"我送你。"哪吒说。

哪吒告别了金童玉女，护送豆丁回到了人界。

八

一声巨大的雷声把豆丁从梦中惊醒。他从床上弹了起来，吓得浑身是汗，直喘粗气！他摸摸枕边的葫芦，挠挠脑袋，知道自己已穿越回了人间！回想起在天界的所见所闻，如梦似幻！

外面正下着暴雨，他清晰记得在仙界天镜里看到的学校被山泥掩埋的情景，心急如焚！

"我要去告诉大家，叫大家不要去学校！"他自言自语道。正当他准备出门去通知老师和同学时，耳边突然响起了哪吒的忠告！不禁犹豫起来！"究竟有什么办法既能救大家，又不会泄露天机呢？"他使劲地敲了敲自己的脑袋。

他焦躁地走到大堂，打开门想看看外面的情况。刚打开一条门缝，他就被迎面而来的风雨打得满脸是水！他隔着门缝张望了一会儿，外面下着瓢泼大雨，黑乎乎地什么也看不见！

"豆丁，早！"身后突然有人喊他，他猛地回头，却不见人。正当他怀疑是自己的幻觉时，那声音再次响起："我在这呢，豆丁！"这次他听得很清楚，而且是从饭桌底下传出来的。

豆丁弯腰朝饭桌底下仔细看了看，但那里除了他家的大黑狗外，并没人。由于外面下着大雨，大黑也躲到屋里来了。

"不会是你喊我吧？"豆丁用嘲讽的口吻对大黑说。

但让豆丁感到惊讶的是，大黑居然摇晃着尾巴说："正是我。"

它的这一应答非同小可！"你……你怎么会说人话？！"豆丁惊得目瞪口呆，指着大黑问道。

"我一直都在说话，只是你以前没听懂而已！"大黑说，"不过，我也觉得奇怪，你今天怎么忽然能听懂我的话了呢？"幸亏刚才没说他的坏话！大黑暗自庆幸。

经大黑这么一提醒，豆丁才记起昨夜哪吒曾说过，他在仙界吸收了仙气，回来人界后就能听懂其他动物的话了！看来是真的！

"哦……哦！我也一直都能听懂你的话，只是没有搭理你而已！"豆丁搪塞道。

"忽悠！你尽忽悠！"大黑冷笑道。

豆丁没有理会大黑，他一心想着学校的事！就他个人而言，他倒希望学校真塌了，那样就可以不上学了！但让他眼睁睁地看着老师和同学们受到伤害，他无论如何也办不到！

一定要想办法救他们！但该怎么去救呢？直接告诉他们说学校要被山泥掩埋了，叫他们不要上学或远离学校，那是行不通的！他们不但不会相信，而且那样做也会泄露天机。但不这么做，又有什么别的办法呢？豆丁急得在屋里团团转。

"嘿！干啥这样坐立不安的？有什么事需要我老黑帮忙吗？"见豆丁急成那样子，大黑也觉得好奇怪，问道。

"你……嗨！算了吧！"豆丁甩甩手，不屑地说。

"难道经验没告诉你，不能小瞧俺老黑吗？！"豆丁居然敢小瞧自己，这让大黑很受伤，"俗话说得好'三个臭皮匠顶个诸葛亮'嘛！"大黑说。

"就算你能帮忙，我也不能告诉你！"豆丁说。

"有什么不能讲?"大黑说,"难道你怕我泄露给别人听不成?!据我所知,除了你之外可是没有别的人能听懂我的话哟!"

听大黑这么一说,豆丁觉得也有道理!"大黑是一只狗,不是人,哪吒叫我不要跟人讲,没说不要跟狗讲呀!跟大黑讲应该不算泄露天机!而且说不定它真有什么狗法子呢!"于是豆丁把泥石流冲埋校舍,以及自己想救大家但又不能跟他们直说等事情,一五一十地跟大黑讲了,当然啰,至于这消息是从哪里来的是不能告诉它的!

"我还以为什么难事呢!"大黑说,"如果你说的是事实,只要不让大家回学校不就行了吗?!"

"你说得倒轻松!你能告诉我怎样才能阻止大家回学校!"豆丁哼了一下鼻子说。

"那还不简单?!"大黑不屑地说。

"真的?"没想到大黑居然这么有把握,豆丁还真不敢相信,"什么好办法?你说来听听!"

"从村子到学校,村头溪涧的那座小木桥是必经之路。现在雨这么大,溪水肯定已经暴涨,只要你在大家回校前把那座木桥给拆了,使大家回不了学校,大家不就可以逃过一劫了吗?!"大黑说。

"我怎么就没想到呢?!"豆丁拍了拍自己的脑袋,蹲下身子,扯着大黑的耳朵使劲晃了晃,高兴地说道!由于用力过度,豆丁把大黑扯得嗷嗷直叫!"松手!松手!赶紧给我松手!"大黑嚷道。

事不宜迟!豆丁穿上雨衣,拿着锄头,向大黑招招手道:"伙计,走!"

"我?我……我就不去了吧?"看着外面哗哗的大雨,大黑胆怯地躲进饭桌下,说,"我身体有点不舒服,你看,你看,我讲话的鼻音多重!像是感冒了。"

"少给我装!赶紧出发!"豆丁知道大黑在耍花招,哪肯放过它!一手揪住它的耳朵,使劲要把它拽出来。

吓得大黑赶紧说："好了! 好了! 我去! 我去! 你把手松开!"

　　豆丁于是松开了手, 命令道："走!"

　　大黑慵懒地伸了一下长长的懒腰, 后悔道："唉! 都怪自己多嘴! 都是自找的!"边说边很不情愿地跟着豆丁出了门, 消失在茫茫的雨中。

　　大概一个时辰之后, 家门突然打开, 豆丁和大黑从外面狼狈地跑了回来! 虽然浑身被雨淋得像落汤鸡似的, 但豆丁心里痛快, 因为桥已经被他和大黑拆了, 老师和同学们回不了学校了, 这下子安全了! 但他还没来得及换下湿衣服, 大黑也还没把身上的雨水甩干, 屋外就传来了一个凶神恶煞的声音："豆丁, 你给我滚出来!"听得出那是学校教导主任的声音。

⊙ 豆丁知道大黑在耍花招，哪肯放过它！一手揪住它的耳朵，使劲要把它拽出来。

九

这个教导主任向来非常严苛，师生们都非常惧怕他。如今教导主任凶巴巴地找上门来，豆丁心中有数，知道他的来由——肯定是拆桥的事被他发现了，兴师问罪来了！虽然他毁桥是为了救大家，但大家并不知道他的用意，而他又不能说！所以，受到责骂是少不了的了！这点，他心里早有准备！

在厨房的母亲听见拍门声，赶紧出来看个究竟。当她打开门时，发现竟然是教导主任，慌忙请他进屋里来避雨。

"主任这么早有什么事呀？"进屋后，母亲为教导主任搬来了凳子，笑吟吟地问。

"什么事？"教导主任满脸怒气，"你家豆丁干了件大好事！"

"豆丁？豆丁怎么了？"见教导主任杀气腾腾的样子，母亲又惊又急。

"他自己不想上学也就罢了，他居然把通往学校的桥给掀了，害得全校师生都上不了学！你说该怎么处置？！"教导主任气得手舞足蹈，唾沫横飞。果然，豆丁毁桥的事被他发现了。

"真有此事？"父亲不知什么时候也已从里屋出来了，一边扣着衣服扣子，一边瞪着眼睛四处寻找豆丁。豆丁吓得把自己关在房间里，不敢出来。

"我要开除你的儿子豆丁！"教导主任指着豆丁的母亲吼道。

听说儿子居然做出这样的事情，豆丁的母亲急得六神无主、手足无措，只能掩面而泣。

⊙ 豆丁和大黑一起，把通往学校的木桥给掀了。

豆丁透过门缝看见母亲在哭泣，他心都碎了，打开门，走了出来。

"我一定要开除你！"见了豆丁，教导主任火气更大了。

"是不是你做的？"父亲严厉地问道。

"是！"豆丁从容地回答道。

"你看你看！他一点悔意都没有！"教导主任气得直跺脚。豆丁直截了当地回答，对正在气头上的他而言，简直是火上浇油！

"你干吗要这么做？"父亲质问道。

"我不能说！"豆丁低下头，答道。

"什么不能说！就是自己不想上学！"教导主任吼道，"自己不想上学也就罢了！却还要把桥毁了，害得全校师生都回不了学校！"

"你说，你为什么要这样做？！"父亲再次质问道。

豆丁没有回答，只低下头一味地抠着自己的指甲。此时的他是既冤屈又恼火！

"不用问了！就是像我说的那样！你的儿子已经无药可救了！坏透了！我们学校不需要这样的学生！"教导主任手一甩，说。

大黑看着可怜的豆丁，轻声说："干吗不告诉他们真相呢？"

一肚子闷气的豆丁白了大黑一眼，轻声骂道："你懂什么？！狗东西！"

"什么？你跟谁说话？你敢骂我？！自己做了错事竟还敢骂人？！"教导主任以为豆丁在说他，更加来气了！气急败坏地说，"太恶劣了！无论如何我都要开除你！"

父亲虽然恨得巴不得打断豆丁的腿，但听主任说要开除豆丁，却又紧张起来，转而恳求主任道："这样子吧，主任，我去把桥修好，你给他一次机会吧，我以后一定会好好管教他的！"

"修？怎么修？现在那条溪像黄河似的，别说你一个人，全村的人去了恐怕都没办法，"主任说，"况且他这种行径实在是太恶劣了!"

在一旁观望多时的大黑实在是忍无可忍了,对着教导主任"汪汪"吠了起来,那意思是说"滚!滚!"

主任向来不怕狗,见大黑居然敢吠他,愈发恼羞成怒,一脚朝大黑踢去,骂道:"死狗,你也有份参与拆桥,是同党!"

大黑见对方竟然敢踢自己,不禁怒火中烧,扑上去就要咬他,吓得主任连滚带爬地逃出了门口,边逃边骂:"死狗!死狗!开除你!"

主任走后,父亲狠狠地瞪了豆丁一眼,说:"回头再收拾你!"说完,穿上雨衣,提着锄头冒雨赶往溪边,希望能把桥修好,替儿子将功补过!但此时溪水已漫过堤坝,到处汪洋一片,连岸边都找不着,更别说修桥了。

同学们陆续出门准备上学,当大家来到溪边时,发现桥不见了,过不去,个个欢呼雀跃,兴高采烈地打道回府!

上午十点钟左右,虽然雨越来越大,但有几个年轻教师还是想回学校打点一下。他们找来木筏,选了一处水流较缓的地方,准备划木筏回学校。但就在此时,只听见山崩地裂的一声巨响,校舍后面的山坡忽然整个坍塌了下来,将两排教室掩埋得严严实实。这个山村小学的教职员工都是本地的代课老师,吃住不在学校,校舍被掩埋时,学校并没有人在,因而这次事故并没有造成人员伤亡。那几个试图划木筏回学校的老师,目睹这惊骇的一幕,吓得目瞪口呆、魂飞魄散,良久都回不过神来!

学校没了,不用上课了,最高兴的莫过于那帮学生了。

村里花了很长时间在旁边把学校重建了起来。不过还好,这回得到了政府的拨款,建的是牢固的双层小洋房,还多了一个大大的礼堂。重新开学的这一天,在全校大会上,校长说豆丁故意毁坏了学校的桥,影响了全校师生的正常上学,行为不可取,但全校师生因此逃过了一劫,豆丁可谓歪打正着,救了大家的性命,考虑到这一点，学校准其将功补过，不打算追究其责任。但豆丁这种行为毕竟是不对的，希望其能充分认识错误，不要再犯。

十

自从能听懂动物说话后，豆丁发现身边的家禽、牲口原来也都像人一样是有思想和情感的，它们对人类既惧怕，又心存敬意，每次与人类相遇，不管对方是谁，它们都会小心翼翼地轻声问好，只可惜人们都没听明白，没有留意。

豆丁特别喜欢跟小动物们聊天，平日一有机会，就会蹲下来，对着那些鸡鸭之类的家禽嘟嘟哝哝地你一句我一句，简直就像是老朋友似的。随着与动物们的沟通加深，豆丁越发觉得它们可爱可亲。这么好的伙伴，人们竟然还要杀它们、吃它们！真是太残忍了！

以前看见别人杀鸡、杀鸭，他总觉得很好奇，总要凑上前去看看热闹；现在只要一看到有人要杀牲口、家禽，豆丁就要么劝大家不要杀它们，要么偷偷把那些牲口、家禽给放了。这些反常举动，父母是看在眼里，急在心里，琢磨着孩子是不是出了什么问题？！

这天，豆丁舅舅夫妇过来串门，豆丁的妈妈抓了一只肥肥的小公鸡，准备杀了招待他们。那鸡意识到自己要被杀掉了，吓得魂不附体，一边拼命挣扎，一边大声向屋外的豆丁求救。

听见呼救声，豆丁连忙冲进屋里，一把抢过妈妈手里的鸡抛到围墙外！把鸡给放跑了！

"你这孩子究竟是怎么啦？！"妈妈气得直跺脚。

舅舅夫妇因为鸡被豆丁放跑了，眼看到嘴的鸡肉却又飞走了，急得直咽口水，内心暗暗埋怨起豆丁来，算计着过年不给他压岁钱的同时，在一旁蛊惑道："是，我看这孩子是有点不正常，是不是中邪了？得找人看看！"

听弟弟这么一说，豆丁妈妈不禁联想起豆丁近来的异常行为，越想越觉得不对劲。

"难道真的是中了邪？"她嘀咕道。

"要是中了邪，可以来我们村找那个莫半仙，他懂得法术，能驱邪除魔。"舅妈说，"上次村里有一个人也是中了邪，就是被他治好的！"

"哦？有这种事？"妈妈将信将疑，看着弟妹问。

"真的，而且又快又简单，当时我们都去看了，"舅妈说，"把人连同一只鸡关到笼子里，放入鱼塘里浸，把鸡浸死了，人身上的鬼邪也就除掉了。他们管这叫浸猪笼！"其实这些只是她听说的而已，并非亲眼所见。

"人呢？人不会有事吧？"妈妈担心地问。

"人怎么会有事？！别忘了人家是半仙，懂得法术！"豆丁的舅舅说。

"担心什么，即使人被浸死了，半仙也能把他救活。"舅妈在一旁帮腔道，"这种病得抓紧治，再拖就晚了！"舅妈瞟了豆丁一眼说。连她自己也不明白，为什么这么希望把这个小外甥送去给莫半仙浸猪笼！

正当妈妈犹豫不决的时候，大黑从外面跑了进来，兴冲冲地对豆丁说："豆丁，我刚刚在溪边发现了一个很大的老鼠洞，气味非常新鲜，里面肯定有大老鼠，赶紧带上铁锹跟我一起去抓吧！"

"真的吗？"豆丁高兴地说，"你等我一会儿。"说着转身进屋取了铁锹，跟着大黑飞跑了出去。

"你看！你看！是不是！跟狗都有话说，看他已傻到什么程度了?！不是中了邪还能是什么?！"看着豆丁跟狗说话的样子,舅妈算是找到了新的证据,指着豆丁的背影幸灾乐祸地说。

豆丁的爸爸妈妈再也坐不住了,决定带豆丁去让莫半仙治一治。

十一

莫半仙原本是一名不务正业的潦倒村民,懂得点医学常识,一次偶然机缘,他竟阴差阳错地帮助一户村民家难产的母猪转危为安了。从此他便名声大噪,越传越神,直至被捧上了神坛,最后甚至被推举成了村长。当了村长后,名声更大了,许多人花钱慕名找他看病,他来者不拒,用他的话讲,他这是兼职给乡亲们看病,也算是造福人民了!

他给病人看病的方法是,先焚香施法,之后再给病人服用一些所谓的仙药。这些所谓的仙药,其实是他利用自己掌握的医学知识,上山采摘配制的中草药。他心里清楚,真正对病人起作用的,是这些中草药!其余的做法、仙丹,都只不过是糊弄人的把戏而已,其目的就是为了给自己蒙上一层神秘的面纱。

由于他使用了中草药,经他看过的病人,当中不免会有病情转好,甚至是康复的!有阿谀奉承者为了拍他马屁,就夸赞他好比救死扶伤的仙人!他却厚着脸皮说:"哪敢!哪敢!还没成仙!最多是半仙而已!"因为他姓莫,从此人们便喊他为莫半仙!他也顺水推舟地接受了。

当天,莫半仙向豆丁的爸爸妈妈了解了豆丁的一些情况,然后就装出很和蔼的样子,微笑着问豆丁:"我的娃,告诉仙伯伯你哪里不舒服呀？"

豆丁正要说："去你的，我没病！"但就在这时候，一只跳蚤从莫半仙的身上钻了出来，气喘吁吁地对豆丁说："离他远一点，这家伙背上长了个大脓疮，浑身恶臭，我都快要被他熏死了！"

"哇！背上长了脓疮？！太恶心了！"听了跳蚤的话，豆丁对着莫半仙掩口道。

莫半仙被豆丁的话吓了一跳！他下意识地摸了摸自己的背，心想，奇怪，这小子是怎么知道我背上长有脓疮的？

正所谓一波未平，一波又起！这时一只老鼠正好从屋梁上经过，见了莫半仙，竟脱口而出说："这家伙前天从公家粮仓里偷了一担谷子和两罐花生油。"

"什么？公家的谷子和油他都敢偷？！这不是监守自盗吗？！"豆丁愤怒地瞪着莫半仙道。

莫半仙被豆丁说得满脸羞愧、无地自容！他指着豆丁恼羞成怒地说："尽是胡言乱语！"

"是呀，这孩子自从得了病以后，就整天说一些不着边际的话，希望半仙您大发慈悲，救一救他吧！"豆丁的妈妈哀求道。

"放心吧！驱魔治病是我的天职，我会好好给他治病的！"半仙冷笑道。心想，竟敢当众揭我的丑，待会儿看我怎么收拾你！

"半仙慈悲！"豆丁的妈妈对着半仙拜了拜说。她话音刚落，一只蟑螂从里屋飞了出来，落在豆丁肩上，悄悄地对豆丁说："我好怕他，他好凶，昨晚他喝醉了酒把他老婆打得头破血流！他老婆现在还躺在床上起不来呢！"

"居然打老婆？太不像话了！"豆丁对着半仙摇摇头说。

半仙被豆丁说中了痛处，不禁怒从心中起，恶向胆边生！心里狠狠地骂道："你知道得太多了！看来你今天是非死不可了！"心里萌生了一个歹毒的念头。

"这孩子中邪太深了，必须尽快下重手治疗，否则恐怕就不行了!"半仙铁青着脸说。

"怎么治,全听你的了!"爸爸说。众目睽睽之下,豆丁的胡言乱语,让他这个父亲饱受尴尬,无地自容。

"一般人和鸡一起去浸猪笼就行了,但他中邪太深,必须要用水鸭去浸,这样才能根治!"半仙说。

"为什么?"妈妈问。一听说要让豆丁和鸭子一起去浸猪笼,她不免有点担心。

"水鸭的耐水性比鸡强多了,药效自然就比鸡强,一般的妖怪用鸡就行了,但你小孩身上的妖气太重了,鸡死了妖怪还不一定会死,所以一定要用水鸭,浸的时间长一点,才能确保他身上的妖气尽除!"半仙说。

"除了浸猪笼外还有别的办法吗?"妈妈还是担心自己孩子的安全。

"要治你儿子的病唯有这种方法了,治不治随你们的便,不过不要说我不提醒你们,如果他这个病不趁早治的话,再拖延时日,恐怕连我这个半仙也帮不了他了!"莫半仙玩弄起欲擒故纵的把戏来。其实他心里已动了杀机:"绝不让你活过今天!"他心里暗暗说道。

"那就照你说的办吧!"母亲虽然很不情愿,但儿子的状况大家是有目共睹的!救子心切,为母的已别无选择了。

于是豆丁被捆了手脚,塞进了窄窄的猪笼里,用一根绳子吊着浸入了墨绿的鱼塘里。当然,和豆丁一起的还有一只可怜的鸭子。

看着猪笼慢慢没于水中,豆丁妈妈的心如刀割般难受,不停地问莫半仙:"人不会有事吧?"

莫半仙一边将着下巴稀落的山羊须,一边掐着手指,装模作样地说:"你儿子能否平安上来,就看我和妖怪谁的法力更强了!"边说,边摆出施法的架势。

"大概要浸多长时间?"一旁的豆丁爸爸仿佛也觉得不踏实,

不安地问。

"不长，半个时辰就可以了！"半仙眯缝着眼睛，掐着手指说。

"半个时辰？"妈妈几乎不敢相信自己的耳朵，"他在水里哪能受得了这么长时间呀？！"

"放心吧，我已经给他服过丹丸了，除非邪气实在太强，否则不会有事的！"半仙表面上安慰着，其实话语里已为他的杀机埋下了伏笔。

事到如今，豆丁的父母也无能为力，只好听之任之了！他们在鱼塘边树荫下焦急地等候着。在妈妈心里，这半个时辰简直比一年的时间还要漫长。

时间一到，豆丁妈妈便迫不及待地催促半仙赶紧将猪笼提上来。半仙却不停地搪塞道："再等等！再等等！"，故意拖延时间。直到豆丁爸爸忍无可忍，冲上前去要亲自动手，他才不紧不慢地命人把猪笼拉上来，按他的算计，豆丁此时应该早已一命呜呼了！

猪笼渐渐露出水面。众人像鸭子般伸长脖子，凑上前去，都想第一时间见证奇迹！

猪笼终于完全露出了水面，奇迹真的发生了！猪笼里的豆丁果真安然无恙，微笑着跟众人招手！而那只鸭子也依然活蹦乱跳，在笼里窜来窜去。众人齐声欢呼，报以热烈的掌声！而莫半仙却被吓得目瞪口呆、魂飞魄散！

豆丁和那只鸭子在水里浸泡了半个时辰竟毫发无损，众人都以为这是莫半仙的法力奏效了！纷纷对他竖起了大拇指！莫半仙本人却知道自己根本没有什么法力！说有，那不过是骗人的而已！豆丁的事让他始料未及。他表面上强装笑颜，接受大家的恭维，心中却又惊又怕，百思不得其解！他麻木地把提着绳子的手一松，猪笼又哗啦一声掉入了水中。

见儿子依然好端端的，豆丁妈妈悬着的心终于放下了。她喜出望外，快步上前刚要打开猪笼，放儿子出来，却见笼子又哗啦一声掉进了水里，急得直跺脚，大声喊道："赶紧！赶紧把笼子拉起来！"

半仙张着嘴巴，晃着脑袋，木讷地重复说："还要再浸！还要再浸！"心里却反复叨念道："不可能的！这绝对不可能的！"

"什么？还要浸？你到底在搞什么呀？究竟要浸多久才行呀？！"豆丁妈妈质问道。半仙的举动让人觉得越来越不对劲。

"一……个……时……辰。"半仙呆呆地从牙缝里挤出几个字。

"一个时辰？！"豆丁妈妈用怀疑的目光看着莫半仙说，"老是这样反反复复，你是不是真的会治病呀？！"

"刚才你也见到了，鸭子没有死，妖怪就没有除呀！而且你儿子吃了我的丹丸，不也好好的吗？！"莫半仙定了定神，辩解道。

不管豆丁妈妈有多么不愿意，但此时她也是毫无办法了！

一个时辰过去了，当半仙再次命人把笼子提出水面时，发现豆丁和那只鸭子依然毫发无损，活蹦乱跳！天杀的！莫半仙哪里受得了这样的刺激，当即两腿一软，咕咚一声和猪笼一块掉进了鱼塘里。

在场的人都慌了手脚，急忙把猪笼和莫半仙打捞了上来。豆丁和鸭子自然是安然无恙，但那莫半仙却早已神志不清了！

莫半仙被众人抬回家后，在床上躺了好长时间才恢复了过来，要不是他能言善辩，狡称这是与妖怪斗法耗尽了精力所致，他还真无法向大家解释他晕过去的原因！不过，经历了这件事以后，他小心谨慎多了，再也不敢轻易出来行骗了！

一个人在水里浸泡了一个多时辰居然毫发无损，大家都理所当然地认为这是莫半仙的法力所致，是因为豆丁吃了莫半仙的丹丸，但莫半仙自己心知肚明，他给豆丁吃下的所谓丹丸只不过是猪油米糠团而已，何来的法力？！他实在无法解释豆丁的现象！

其实，一直保护着豆丁的，是葫芦里的哪吒！豆丁被浸入水中

⊙ 当半仙再次命人把笼子提出水面时，发现豆丁和那只鸭子依然毫发无损！

后，立即挣扎着用嘴咬开了系在腰间的葫芦口，向哪吒发出求救信号。哪吒知道豆丁有难，立即施展法术，用金刚罩将水隔开，使豆丁和那只鸭子得以幸免！

十二

经历了豆丁事件后，村民更加崇拜莫半仙了，简直把他当成了真神！

豆丁的父母为了酬谢莫半仙，给他送去了许多礼物。莫半仙自己虽然始终弄不清豆丁事件的原委，但却心安理得地接受了。

班主任李老师听说豆丁得了怪病，就在豆丁被浸完猪笼的当天晚上，亲自来到豆丁家进行家访。李老师是一位美丽善良的姐姐。她身材纤细，留着两条乌黑油亮的辫子，一双仿佛会说话的大眼睛，人见人爱。豆丁心里非常敬慕这位美丽淳朴的老师，随时愿意为她做任何事情。

"豆丁在学校的表现都很正常，成绩也不比别人差，怎么会有你们说的那样的病呢？再说了，即使有病也应该是去医院找医生呀，怎么能搞封建迷信，找那些装神弄鬼的神棍呢？！幸亏没有发生意外，要不然，你们就是帮凶！"当李老师得知豆丁被莫半仙浸猪笼的事情后，非常生气，很不客气地把豆丁的父母批评了一通。

"我们也没办法呀！见他整天要么对着动物胡言乱语，要么自言自语，我们心里着急呀！"妈妈擦着眼角的眼泪说。

"小孩子生性天真，把小动物或其他物件当成小伙伴，这很正常，用不着太担心！你们为人父母要多与他沟通，多了解他心里想的是什么。"李老师说。

豆丁妈妈撩起衣襟，擦拭了一下眼角，没有说话。豆丁爸爸蹲在凳子上默默地吸着自己晒的烟丝。而豆丁却在一旁静静地吃着老师拿来的糖果，偷偷欣赏着老师好看的脸庞！心想，老师真美！

李老师在豆丁家坐了一阵子，与豆丁父母谈了一些豆丁的学习情况，拉拉家常，见时候不早了，就起身告辞了。她走到豆丁跟前，亲切地摸了摸豆丁的脑袋，鼓励道："没事的，我相信你，好好读书，少想一些与学习无关的事！"

李老师身上散发出一股迷人的清香，让豆丁倍感亲切。"李老师，我送您回去！"说着，豆丁转身进屋取了铁锹，带上大黑，要护送李老师回去。

"不用了，豆丁同学！我自己回去就可以了！"李老师摆摆手说。

"就让他送一送吧！这时节蛇虫多，有大黑开路，可以驱驱蛇虫。"豆丁妈妈说。

见此，李老师也就不再推辞了，牵着豆丁的手出了门，一路往回走。

走着走着，一直在前面开路的大黑突然跑回来对着豆丁嘀咕了几句。

"李老师，不如咱们改道走吧？"听了大黑的话后，豆丁扯了扯李老师的衣服说。

"为什么放着近路不走而要改走远道呢？"李老师奇怪地问。

豆丁没有解释为什么，只是一再坚持改道。但他越是不说，老师就越是觉得奇怪，就越是不肯改道！

那么，豆丁为什么要李老师改道呢？原来，大黑刚才告诉他，前面有一条大蛇挡在了路中央。由于担心泄露天机，他又不敢直接告诉李老师说前面有蛇。见老师不肯改道，豆丁只好凑近大黑的耳朵轻声说："你去叫那蛇让一让！"

"我不敢去，那是一条大毒蛇，脾气不好，很不好说话，弄不好被它咬一口或喷些毒液，就死定了！我死了不要紧，只是不放心把你孤零零地留在这世上啊！"大黑对豆丁卖弄着口才，狗眼却不停地瞅着李老师。它也是想趁机讨美女的欢心！可惜李老师根本听不懂它在吠什么！

"关键时刻叫你办点事却这么多借口，平时真是白喂你了！"豆丁瞪了大黑一眼，呵斥道，"你前面开路去！我来！"

"看来你比那蛇凶！"大黑不服气地撇了撇嘴，灰溜溜地跑到前面开路去了。

豆丁对着大黑自言自语的样子，李老师静静地看在眼里，心想，难道这孩子真有什么问题？！

李老师不肯改道，豆丁只好和大黑在前面开路，领着老师往前走。没走多远，微弱的月光下，果然看见一条手臂粗的眼镜蛇盘成饼状挡在路中央。见有人靠近，蛇舒张着脖子，高高地竖起脑袋，发出咝咝的警告："私家领地，请勿靠近，否则后果自负！"

李老师从未见过这么大的眼镜蛇，吓得惊叫一声，拉着豆丁直往后退，身子直打哆嗦！大黑也明显心虚，颤颤巍巍地"汪"了一声，立在原地，一动不敢动。

面对那条毒蛇，豆丁全无惧色，他快步冲上前去，对着眼镜蛇喊道："喂，眼镜蛇，麻烦你挪一挪让我们过去好吗？"

"好大的面子！你走你的路，干吗要我挪？！"眼镜蛇冷冷地说。

"我们老师怕蛇，所以还是请你配合一下吧！"豆丁说。

豆丁对着蛇嘀嘀咕咕的样子，比眼镜蛇本身更让李老师觉得心寒！她一会儿瞧瞧自言自语的豆丁，一会儿看看那条眼镜蛇，心里有说不出的滋味！

眼镜蛇侧着脑袋看了看李老师，不怀好意地笑着说："哦！原来是要我让路给美女! 行呀! 如果她肯过来亲我一口, 我就让她过去! "

"少废话! 你到底让还是不让?"豆丁把铁锹狠狠地往地上一插, 说。

"此路虽不是我开, 但我就是不让! 你能把我怎么样?!"眼镜蛇嚣张地说。

"那就别怪我不客气了!"豆丁高高举起铁锹, 对着眼镜蛇就要打下去的样子!

一看豆丁手中寒光闪闪的铁锹, 眼镜蛇的嚣张气焰顿时没了一半, 连声说道:"慢! 慢! 慢!"

见眼镜蛇有妥协的余地, 豆丁收住了铁锹, 瞪着眼睛呵斥道:"我再问你一句, 你让还是不让?!"

眼镜蛇被豆丁的勇气彻底征服了, 它暗忖道:"这个榔头真拼! 好蛇不吃眼前亏, 不能跟这样的土鳖玩命!"但又拉不下那张老脸, 于是厚着脸皮说:"看在美女的份儿上, 我就让你们过去, 但你别以为我怕你呀! 我只是给美女面子而已!"一边说, 一边扭动着身子快速溜进了路旁的荆棘丛中。

蛇一让开, 豆丁立马领着李老师小跑着离开了现场。大黑却回头对着蛇的方向吠了两声, 挑衅道:"臭蛇! 有本事不要走呀! 看我把你劈成两段!"

那蛇最终竟然听从了豆丁的话, 让路给他们通过, 这可把李老师给惊呆了, 问道:"豆丁同学, 你真的能听懂动物说话吗?"

"你不要问, 我不能说。"豆丁低着头, 继续在前面引路。心想, 如果说了, 透露了天机那可是要受到惩罚的! 所以, 一再暗自叮咛自己无论如何也不能说!

李老师把刚才的一切看在眼里, 联系以前发生的事情——尤其是那次毁桥事件, 觉得豆丁的行为实在是太诡异了! 难道那次拆桥他真的只是歪打正着而已吗? 她想, 还是他事先早已预料到了

⊙ 一看豆丁手中寒光闪闪的铁锹，眼镜蛇的嚣张气焰顿时没了一半。

危险,因而通过毁桥阻止大家回校的方式来拯救大家?

"豆丁,你上次拆桥不让大家回学校,是因为事先知道学校有危险吗?"夜色下,李老师死死地盯着豆丁的眼睛问。

老师突然旧事重提,豆丁毫无防备,顿时手足无措,不知如何回答!

"我觉得你肯定是有意的,是事先知道有危险,所以不想让大家上学,我说的对吗?"李老师拉着豆丁的手,追问道。

"老师,我不能说!"豆丁怯怯地答道。

"为什么?"李老师一再逼问。

"老师,求你不要再问了,我就是不能说!"李老师一再刨根问底,豆丁急得满头大汗。

看着豆丁狼狈的神情,李老师心想,他也许真的有苦衷,于是决定暂不深究。她轻轻拍了拍豆丁的肩膀说:"豆丁同学,我知道你做的都是好事!我也知道你有难言之隐!不管别人怎么看待你,我始终理解和支持你!"

老师的话就像一股暖流,豆丁听了,心里既欣慰又感激!他偷偷瞟了老师一眼,心里说:"老师,请您放心,我一定会保护好您的!"

豆丁把李老师送到家门口,没等老师开口说"谢谢",他就转身跑回家了。

第二天下午,全校师生一起上劳动课,清理上次泥石流时冲积在操场上的淤泥、乱石。新校舍刚建好不久,很多地方都有待清理。

正当同学们干得满头大汗之际,晴空中突然飘来一片乌云,挡住了火热的太阳。天阴了,师生们终于不需要顶着烈日劳动了,而且还有凉风,感觉舒服多了!大家都开玩笑地说,肯定是他们的辛勤劳动感动了上天!

就在大家嬉笑之间,一群鸟叽叽喳喳地呼叫着在学校上空狼狠地一掠而过。豆丁听得清清楚楚，那些鸟在惊叫："快跑！大家快跑！要下冰雹了！"

豆丁一听，不得了，赶紧找到在不远处的李老师，扯着她的衣服喊道："李老师！李老师！"

李老师猛一回头，看见神色慌张的豆丁，先是怔了怔，随后俯下身子问："发生什么事了，豆丁同学？"

"李老师！赶紧叫大家回到教室里去吧！"因为焦急，豆丁呼呼地喘着粗气。

"现在？"豆丁的唐突要求，让李老师感到很意外，一时也不知该如何是好。

"是的！"豆丁毫不含糊地点了点头。

"你能告诉我为什么吗？"李老师问。

"不能！你按我说的去做就行了！得赶紧！"看着从西南面渐渐压过来的乌黑的云层，豆丁心里既焦急又害怕。

李老师稍加思索，问："是全部吗？"

"是的，求你快点好吗？"豆丁急得直跺脚。

"好！但是我调不动全部学生，我得向教导主任汇报，请他下命令！"有了以前的案例，李老师相信豆丁具备某种特异功能，他要全体师生回课室，肯定是有原因的！因此也就不再追问缘由了！她快步走到教导主任跟前，请他下指令，让全体师生立刻回课室。

"真是莫名其妙！"教导主任说，"天阴下来了，正是劳动的好机会，叫大家趁机抓紧时间干活吧，晚了可就要下雨了！"

见教导主任不同意，李老师立即跑去找校长，校长不在，上厕所去了。李老师知道豆丁之所以让她这么做，肯定有原因，而且从他焦急的表情里可以看出，可能是非常严重的事情。于是，她也顾不了太多了，爬上操场的讲台，对着正在干活的学生喊道："同学们，校长命令大家立即到礼堂集中，他有重要的事情要向大家宣布！"

听到广播，本来就巴不得早点收工的老师同学们顿时欢呼雀跃，"呜呼"一声，扔下手中的工具，争先恐后向礼堂跑去，剩下那个教导主任在操场上气得手舞足蹈！

大家刚走进礼堂，外面就狂风大作，飞沙走石，暴雨夹带着花生米般大小的冰雹突然倾盆而下。正在外面指指点点地骂人的教导主任，避无可避，被突然倾泻下来的冰雹打得鼻青脸肿，跌倒在地。在礼堂里的老师和同学们见了，大呼危险！

幸亏豆丁早有准备。他一只手举着簸箕遮挡在自己头上，另一只手拎着一个空箩筐，一个箭步冲到教导主任身边，把箩筐递给了他。教导主任接过箩筐，护住自己的脑袋，拉着豆丁的手从地上爬了起来，跌跌撞撞地跟着豆丁跑进了礼堂。终于化险为夷！礼堂随即响起了热烈的掌声！这掌声与其说是对教导主任的庆贺，不如说是对豆丁英勇行为的嘉许！

这时，校长不知从哪里不紧不慢地走了进来。一见到校长，大家立即将他围得水泄不通，你一言我一语地称赞他有先见之明，"要不是您及时把大家叫了进来，我们肯定会像主任那样被冰雹打得鼻青脸肿了！"大家边说边哈哈大笑地把目光投向了狼狈的教导主任。

校长一开始被大家弄得丈二和尚摸不着头脑，不由得愣了愣。当他明白了事情的原委后，习惯地提了提裤子，机智地笑了笑说，"哪里！哪里！应该的，应该的！"心里却暗忖道：究竟是谁假传命令？！不过，转念一想，觉得这事也不坏，让他当了一回好人，因此也就不追究了！接着挥挥手说道："今天就到此为止了，等雨停了，大家就放学回家吧！"

"校长万岁！"师生们齐声欢呼道。

十三

见过豆丁后不久，孙悟空突然要单独请哪吒到他的永安宫去喝茶叙旧。

孙悟空请喝茶，实在罕见！哪吒心里嘀咕着，这个弼马温葫芦里究竟卖的是什么药？！

果然不出所料！茶过三巡后，孙悟空挠挠腮帮子，一副难为情的样子说："兄弟，老孙有个不情之请，不知当讲不当讲！"

"圣佛有什么事尽管吩咐！"哪吒拱拱手说。

"既然兄弟这么爽快，我就直说了！"孙悟空轻轻搓了搓毛茸茸的大腿说，"我想到凡界去走走，不知三太子是否方便让那边的豆丁兄弟安排接洽一下？"

哪吒心想："我就说嘛，请我来喝茶叙旧？！这哪是你孙悟空的做派？！"但嘴上依然客气地说："让他接待并不难，只是不知圣佛此次是出差呢还是私事外出。按规定，圣佛您这个级别的大神是不能随便跨界的哦！"

"公干就不用麻烦你啦！"孙悟空凑近哪吒的耳边细声道，"我想偷偷出去。"

"你的意思是要我私自放你出去？！这可等同偷渡呀！届时你我都得受到处罚！不行！不行！这种违反规定的事情不能做！"哪吒连连摆手道。

"哎——！哪来那么多规定？！那些规定对我不管用！"孙悟空不以为然地说。

"对你不管用，但对我却管用呀！"哪吒说，"私自放您出去，万一上头追责下来我可担当不起！"

"三太子多虑了！有俺老孙在，谁敢追你的责？！谁能追你的责？！"孙悟空拍着毛茸茸的胸口说。

"话虽这么说，就怕到时玉帝真怪罪下来，连你也泥菩萨过河了，哪还顾得上我？！"哪吒一再摇头说。

"看你说的！啥泥菩萨？！我是金身圣佛！"孙悟空哼了一下鼻子说，"你放心，如果玉帝真怪罪下来，就说是我硬闯出去的，与你无关！"

"守不住关口，被您闯出去了，那是失职，无论如何都难辞其咎！"哪吒说。

"我说你什么时候变得这么胆小怕事、婆婆妈妈的？！我不就去人界考察一下而已吗？犯得着这么多理由吗？"见哪吒如此不给情面，孙悟空很不高兴，冷冷地说。

"私自放这个老猴子出去，肯定不妥！"哪吒心想，"但如果不答应他，难免又会得罪他！像他这种爱恨分明、睚眦必报的老猴头，得罪了他，日后要是有求于他，就休想他会通融了！不仅不会通融，而且肯定会百般阻挠！实在让他为难！"

"行还是不行？！"正当哪吒进退两难之时，孙悟空再次逼问道。

情急下，哪吒脱口而出："行不行也不是我一个人说了算的呀，别忘了关口那头还有个豆丁呢！"话一出口，哪吒就后悔了！因为，他知道，豆丁肯定是不会拒绝的！

"这好办！"孙悟空说，"你先请他到我这里来做客，让我好好接待接待他，做做他的工作，我就不信他会不让我过去！不过，如果他同意了，你再推搪，我可就要怪你了！"

"哪能呢？！"哪吒嘴上这么说，心里却暗暗叫苦。

"对啦！这才是好兄弟嘛！"孙悟空拍了拍哪吒的肩膀说，

"放心,不会让你担责的!"

"其实,若是能为圣佛担责,那倒是我的荣幸呀!"哪吒苦笑道。

"真会说话!"孙悟空用手指头朝哪吒点了点,笑着说。

说办就办,哪吒很快就把豆丁带到了仙界,带到了紫檀山孙悟空的永安宫。孙悟空热情地接待了他们。座谈期间,孙悟空迫不及待地向豆丁了解了近年来人界的一些具体情况,当他得知自己在人界很受小朋友们的喜爱和欢迎时,心中非常高兴,对此次人界之旅更是满怀期待。

豆丁没想到孙悟空居然这么亲切,于是也就完全敞开了心扉,不再拘束了,大胆地向他询问了许多问题。大圣毕竟是大圣,见多识广,从古至今,从仙界到人界,无不精通,甚至还谈到人界的飞机、导弹!

"真没想到圣佛连我们人界的飞机、导弹都知道!"豆丁佩服得五体投地。飞机、导弹这些东西他也只是在书本上看过,而孙悟空对它们却了如指掌,不得不叫人佩服。

"那当然!要不怎么叫圣佛?要知道,我这个位置就相当于你们的国防部部长啊!若不知己知彼又怎能打胜仗呢!"孙悟空大大咧咧地笑着说,"我不仅知道这些东西,而且还经常使用它们!什么飞机呀,轿车呀,通通为我所用,这就是所谓的拿来主义!"

"上头一再强调不得使用人界的东西,圣佛身居要职,却带头破法,难道您就不怕玉帝再派二郎神来锁你?"哪吒在一旁开玩笑地说。

"我呸!二郎神,那狗东西,他算老几?!"一提到二郎神,孙悟空不禁怒火中烧,破口大骂!但马上就意识到了自己的失态,堆起笑脸补充道:"如果凡事都因循守旧,前怕狼后怕虎,那是干不成大事的!那也绝非我大圣的风格!"

"圣佛不是会腾云驾雾吗?而且一个筋斗就十万八千里,怎么还要用飞机、汽车呢？"豆丁好生奇怪，问。

"腾云驾雾，日晒雨淋的太辛苦了！再说了，我现在是佛了，不再是以前的行者了！滚来滚去，耍猴似的筋斗，太失斯文和身份了，能不翻就不翻喽！"孙悟空志得意满地说，"近的，坐轿车，远的，坐飞机，既舒服又体面，翻什么筋斗？！"

"私用人界器物，到时被仙规处分了，看你怎么着？！"哪吒坏坏地笑着说。

"处分？谁敢处分我？！谁能处分我？！"孙悟空不屑地说，"那玉帝？还是那遗孤二郎小儿？抑或是那个整天抱着破瓦罐一样的塔的你那老子李靖？他二郎神敢来，我要把他那只狗做成狗肉煲招待你们。你老子来了，正好！我替你把他怀里的那个破瓦罐塔给毁了，让你从此不必再看他的脸色！"

"你可别忘了还有一个如来！"哪吒提醒道。

"如来？"一提到如来，孙悟空忍不住打了个寒战，毕竟他这个佛号是如来封的！而且，他的法力和如来确实不在同一重量级！但他还是硬着头皮死撑着说，"如来我也有办法对付他！"

"当初你连人家的手掌都跳不出来，如今你又能有什么法子？！"哪吒挖苦道。

"哎呀！当年年轻气盛不懂事，上了他的当！如今，我肯定就不会像当年那么傻，在他手上翻筋斗了，我弄个核弹来，把他那个雷音寺连同灵山一起给炸平了！哼！看他上哪去念佛去！"孙悟空得意地说。

哪吒知道孙悟空在吹牛，但又不好拆穿他，免得惹他不高兴，所以只是不以为然地笑了笑，没再说什么了。

"好啦！好啦！别光说了，让我带你们去试一试我的新玩意儿吧！"说着，孙悟空从耳窟窿里掏出那根针，吹口气，说一声"变！"那针立即变成了一部豪华轿车摆在他们面前，"走吧！上车！我带你们兜风去！"孙悟空向豆丁和哪吒招招手说。

豆丁和哪吒被眼前这部漂亮的小轿车惊呆了,他们一边羡慕地摸着晶亮的车身,一边发出啧啧的赞叹声。

"这车叫'劳斯莱斯',是你们那边的顶级轿车。"上车后,孙悟空向豆丁炫耀道。

豆丁长这么大,连车都还没坐过,更别说如此豪华的小轿车了!既好奇,又兴奋!哪管得了它叫什么车!这里摸摸,那里看看!只恨没多长几双眼睛和手!

不一会儿,汽车把他们带到一处平地。下了车,孙悟空对着汽车吹了一口气,眨眼间,汽车就变成了一架大飞机。孙悟空说:"来吧!咱们登机吧!这可是正宗的'波音777'。"

刚坐完汽车又坐飞机!一天之内,接连体验两种新玩意儿,真让豆丁大开眼界!他连蹦带跳地跟着孙悟空和哪吒上了飞机。

孙悟空拔了几根毫毛变成几个漂亮的空姐,然后带着豆丁和哪吒进入了豪华仓。刚在软绵绵的位子上坐下,几个猴模猴样的空姐马上给他们端来了香浓的咖啡。孙悟空舒服地往座椅上一靠,感慨道:"当初送唐僧去取经,要是有这玩意儿,那该多好?!免除长途跋涉、路途艰辛不说,更无须打打杀杀,戕害了诸多性命,结下了那么多的梁子!"

"那是!"哪吒把屁股在软绵绵的座椅上使劲地蹭了几下,心不在焉地应道。

孙悟空呷了一口咖啡,对豆丁说:"言归正传,豆丁使者,这次请你来,有一事相求!"

"有事求我?!"孙悟空居然说有事求他,这简直把豆丁给吓坏了!忙不迭应道:"大圣有事尽管吩咐!"

"我想到你们人界去走走,不知豆丁使者是否方便安排一下?"孙悟空说。

"大圣去人界还要我安排?!"豆丁以为自己听错了,反问道。

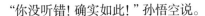

"你没听错! 确实如此!"孙悟空说。

"这我就不明白了!"豆丁摇摇头,一脸蒙圈的样子。

"使者有所不知,首先必须要麻烦使者你打开葫芦盖,我方能进入你们的地界;其次,去到你们人界后,还必须借助你的肉身我才有存在感。"孙悟空说。

"原来如此!"豆丁似懂非懂地点点头。

"不知使者是否愿意帮这个忙?"孙悟空问。

"愿意! 当然愿意!"豆丁不假思索地连声应道。

见豆丁已应允,孙悟空转而问哪吒:"三太子,豆丁使者已经答应了,现在就看你的啦!"

果然不出所料! 哪吒真后悔当初不该把球踢给豆丁! 但事到如今,后悔也没有用了,只好说:"为稳妥起见,也为了圣佛能无忧无虑地到人界玩个痛快,我觉得圣佛还是填个申请表,给玉帝签个字,办个护照,完善手续后再出去,那样会更妥当些!"

"我这不是不想办护照嘛!"孙悟空说,"咱们这个职务,办护照的手续太麻烦了,这个审那个批,怀疑这怀疑那的,仿佛生怕你出去洗黑钱或不回来似的,烦死神了!"其实,孙悟空不想找玉帝的真正原因是,他与玉帝依然因大闹天宫的事心存嫌隙,不愿意受玉帝的掣肘!

"烦归烦,但手续总得办吧?!"哪吒咂了一下嘴巴,一本正经地说。

"你不是连这点小忙都不肯帮吧?"见哪吒吞吞吐吐的样子,孙悟空实在不爽,"你可以放豆丁使者进来,怎么就不可以放我出去呢?"

"你们俩不一样! 豆丁是新任的葫芦使者!"哪吒说。

"我还是行者呢!"孙悟空生气道,"你不要反悔啊! 咱们可是有言在先的,只要豆丁使者同意了,你就得办的呀!"

孙悟空生气了,问题很严重! 吓得哪吒连忙道:"圣佛息怒! 圣佛息怒！给你出去就是了！不过，你千万不能滞留在人界不回来呀！"

"放心好啦！"孙悟空说，"我只是近来闷得慌，想过去散散心，体验体验生活，顺便考察一下人界的情况而已，严格说来也算是半个公差了，怎么会有私留那边的想法呢？！再说了，我在这边是万人瞩目的佛，去那边算什么？不就是一只猴子嘛！不回来？我有这么傻吗？！"

"那也是！不过话说在前头呀，如果上头知道了，怪罪下来，你得替我扛着呀！"哪吒说。

"你怎么这么啰唆？难道要我给你写保证书不成？！"孙悟空说。

"那倒不必！"哪吒笑着摆摆手道。

"事不宜迟，那咱们就马上出发？"孙悟空猴急地说。

"大圣喜欢什么时候走就什么时候走！"哪吒说，看了看豆丁，问道："是吧，使者？"

"那当然！"豆丁使劲地点点头说。孙悟空要来人界，可把他给乐坏了！

这时，飞机也已稳稳地着陆了。

十四

孙悟空拔了根毫毛变成自己的模样留在紫檀山打坐，以掩人耳目，一切安排妥当，就与豆丁和哪吒乘飞机直奔葫芦口。

到了天河边，孙悟空把飞机还原成金箍棒收入耳鼓，自己摇身一变，变成了一只虱子藏在豆丁身上，避开天镜的监控，瞒天过海，随豆丁过了天河，出了葫芦口，来到了人界。

一出葫芦口，孙悟空就嗅到了一股似曾相识的气味，顿时觉得浑身舒畅、妙不可言！他辞过豆丁，准备四处走走，并约好等他云游回来后再来找他。交代完毕，孙悟空化作了一股清风，消失得无影无踪。

孙悟空首先沿着当年护送唐僧去西天取经的路走了一遍，叫作重走取经路！沿途景物，与当年相比，可谓天壤之别！令他感触良多！当年随处可见的妖气不见了，什么洞、什么寺也很少见了，即使有也不再是什么妖怪、什么仙人的修炼藏身之所了，取而代之的是无数供百姓观光游览的景区。"看来，仙和妖撤离人界是对的！人间已没有适合神仙居住的仙境了，更没有可供妖怪修炼的地方了！那些狐狸、蜘蛛、兔子之类的，刚一出现就被人类抓了去，要么宰杀了，要么当宠物养了起来，哪有机会成精哟？！"

最令孙悟空不安的是，他发现人界的发展是如此的迅猛，能量是如此的巨大。他们虽然自身不带法力，但他们开发制造出来的宝贝，有的却可以完全压制住神仙的法力。他深深感受到一种压力和危机，觉得仙界再也不能以原来那种唯我独尊、以自我为中心的态度来处世了！如果仙界依然故步自封，不思进取，照此发展下去，人界超越仙界恐怕朝夕之间了！届时真正主宰乾坤的恐怕就不是仙界，而是人界了！

但考察中孙悟空也看到了人界的一些不足！比如人界因贪婪而过度的开发，已使得生存环境日渐恶化，而且还有加速恶化的趋势。如果人界不采取措施改变这种状况，任其发展下去的话，最终将有可能导致人界自身的毁灭！正是这个发现，多少抵消了他先前的不安。

孙悟空走马观花般向西走了一遭，当他来到大雷音寺时，看到的情况令他大为感慨！这个曾经如来佛册封他们师徒和传授佛经的圣殿，如今竟成了凡僧敛财的场所！信众进贡的香油钱都被那些

⊙ 孙悟空随豆丁过了天河，出了葫芦口，来到了人界。

看护寺院的凡僧俗侣中饱私囊了! 怪不得如来佛那边的护院一天到晚都喊穷! 他是越看越揪心, 越看越替如来抱不平! 不过转念一想, 当年他们师徒在雷音寺藏经阁领经时不也被"规矩"过, 不也被索要过"人事"吗?! 当时, 他们师徒身无分文, 只好将化缘用的紫金钵当"人事"给了藏经阁的两位使者, 那两位"图书管理员"收了礼物后, 才肯把真经传给他们! 看来, 佛门也不乏贪财之徒! 每个层级都一样, 层层如此! 这么一想, 孙悟空的心理也就平和多了!

这次西行, 并不像当年护送唐僧那样艰辛跋涉, 轻轻松松就走完了! 考察完毕, 孙悟空如约回来会豆丁。

"这次西行有什么收获呀?"一见面, 豆丁就迫不及待地问孙悟空。

"唉! 物是人非! 一言难尽呀! 以后有机会再与你慢慢交流吧!"孙悟空感慨地说, 顿了顿, 接着说道: "接下来就是要借助你的身体来体验一下你们的生活了!"

"一定要用我的身体吗? 用别人的不行吗?"豆丁问。听说孙悟空要借用自己的身体, 豆丁不禁毛骨悚然。

"不行, 那样会引起麻烦的。"孙悟空说。

"有什么麻烦?"豆丁问。

"如果事先不和宿主沟通好, 就擅自依附上去的话, 我和宿主之间会因为不兼容而发生冲突的!"

"不太明白!"豆丁挠着脑袋说。

"打个比方, 正如你们的电脑, 如果在一台电脑里同时安装了两个操作系统的话, 那么电脑就可能会因为不知检索哪个启动程序而无法正常开机, 明白吗?"孙悟空说。

豆丁也只是在书本上见过电脑, 但具体是怎么回事, 他并不明白, 所以依旧是满脸懵懂地直摇头。

"这样吧, 简单点,"孙悟空说,"也就是, 必须事先征得宿主的同意我才能够依附到他的身上。"

"为什么呢?"豆丁皱着眉头问。

"这不是最简单不过的道理吗?!你要进入别人的家门,总得要得到主人的同意吧?否则不就成了强占了吗?!弄不好会被别人赶出来的!"孙悟空说。

"你怕被人家赶出来吗?"豆丁笑着问。

"那倒不是!我只是不想伤害别人而已!"孙悟空说。

"哦!那么你进去前先跟主人家打个招呼不就行了吗?"豆丁问。

"不行!那样会泄露天机的!"孙悟空说。

"要不,你先体验一下做牛的感觉和滋味如何?"豆丁想了想,说。

"做牛的感觉和滋味?这个主意好像不错!"孙悟空挠挠腮帮子说。心想,平时都是高高在上,今天难得有机会体验一下底层人民的生活,何乐而不为?!

"那你就先上我家老黄牛的身体吧!行不?"豆丁问。

"好!"孙悟空爽快地说。

"需要我先跟牛打个招呼吗?"豆丁问。

"要!"孙悟空说。

"跟牛说了,不会泄露天机吧?"豆丁问。

"跟牲畜讲不会泄露天机。"孙悟空说。

"那就好!"说完,豆丁把孙悟空带到自家的老黄牛跟前,跟老黄牛说明了缘由,问它愿不愿意。

老黄牛这么大年纪了,从未听说过如此新奇的事儿,觉得蛮好玩的,不假思索就欣然答应了。

十五

由于事先已经沟通好，老黄牛与孙悟空相处得非常融洽，就像邻居一样。老黄牛对孙悟空说："我这个牛体就交给你管理了，想怎么操作就怎么操作吧！辛苦了这么多年，我还真是累了，有条件的话真想早点退休算了！"说完，把牛体的"驾驶舱"让给了孙悟空，自己靠边歇着。

"放心吧！牛兄，我会像爱护自己的身体一样爱护你的身体的！"孙悟空拍拍老黄牛的肩膀说，"不瞒你说，我跟牛还真有缘分！"

"此话怎讲？"老黄说。

"难道你忘了当年我跟你们牛魔王是拜把子兄弟吗？！"孙悟空说。

"嗯！好像是这么回事！"老黄牛点点头说，接着叹了一口气，道："不过，也别提那个不争气的牛魔王了！你说他好不容易练就了那么高的道行，却偏偏不走正道，非得跟你们师徒作对，弄得身败名裂，成不了正果。要不然，像圣佛你，建一番事业，把子子孙孙都带去享福，我们也就不用这么辛苦，一年四季日晒雨淋地替人耕田种地了！"

"那也不能全怪他。"孙悟空一副哀伤、无奈的样子说。他对牛魔王始终是有感情的，很想与他和好，只是一直到现在，牛魔王始终都不肯原谅他，认定就是他这个见利忘义的泼猴害得他老牛妻离子散、身败名裂的！

"那也是,牛魔王走上歪道,跟他的老婆有很大关系!"老黄说。

"是,嫂子当年的脾气确实大了点。"孙悟空说。

"就是嘛!那个婆娘自恃是什么铁扇公主,出身名门,专横跋扈,把老牛逼得在家待不住了,出去包了个二奶,从此家也不回,丢着儿子红孩儿无人管教,误入了歧途,拦路打劫,放火烧山,最后被菩萨给收了,说是什么善财童子,狗屁!其实就是进了少年管教所!"说起牛魔王,老黄真是恨铁不成钢,一肚子的气!

"你对牛魔王还挺了解的嘛!"孙悟空笑着说。

"能不了解吗?我们牛族好不容易出了这么一个牛物,都希望他能带领咱们出牛头地,结果却是那样的下场!太让牛失望了!"老牛气鼓鼓地说。

"唉!因因果果,是是非非,一切都是缘啊!"孙悟空双掌合十,摆出一副出家人的样子道。

"也许是吧!"老黄牛无奈地摇摇头。

第二天一早,天还没亮透,豆丁的爸爸扛着铁犁把老黄牛牵出了牛棚。

"他这是要干吗?"孙悟空问老黄。

"你来得不是时候啊!现在正好是农耕时节,他们每天都要我犁两三亩的田,真是太辛苦了!"老黄说,"俗话说,我们牛啊要扛过了农忙才算是牛啊!"

"什么意思?"孙悟空不解地问。

"由于熬不住农耕的辛苦,许多牛在田里犁着犁着地就倒下了!"老黄悲伤地说。

"你放心,这回就交给我好了!"孙悟空说,"我一天把所有的田地都犁完!"

"你千万别蛮来!你受得了,我的牛体可受不了!万一把它弄散架了,我可就要下岗失业了!"老黄说。

"别担心,保你的牛体完好无损!"孙悟空边说边口中念念有词道:"变变变!"

孙悟空话音刚落,老黄顿时觉得全身为之一振,浑身充满了力气,仿佛回到了年轻的时候。

豆丁爸爸把牛牵到田头,套好犁,刚要像往常一样吆喝"去"!但还没等他开口,牛就已像触电般往前直奔,把犁拖得飞快。不到一个上午,就犁了整整十亩田。完了,老黄牛不但一点事都没有,还摆出一副身有余力、意犹未尽的表情!

不过,豆丁爸爸就苦了!整整十亩田,把他累得精疲力竭,直接就倒在了田里,要不是发现、抢救得及时,估计老命都没了!

普通一头牛,一天能犁两亩田都已相当了得了!老黄牛居然在一个上午就犁了整整十亩田!这真是天下奇闻!消息传开后,方圆十里八乡的村民纷纷闻讯而来,都想亲眼看一看这头神奇的老黄牛。

村民们扶老携幼,拖男带女,把老黄牛围得水泄不通。他们对着老黄牛啧啧称奇之余,无不例外地上前摸摸老黄牛的头,说是要沾沾老黄牛老当益壮的灵气。

"瞧,大家都在夸你呢!"看着围在四周的村民,孙悟空笑着对老黄说。

"这还不都是你的功劳!"老黄说。

"哪里!毕竟使用的是你的身体,我也只不过是充当操盘手而已!"孙悟空说,"你要不要检查一下自己的身体,看有没有什么零部件脱落了或是损坏了?"

"不用检查了!感觉挺好的,应该没事!"老黄说。心想:有你这么个大神在,还能有什么问题?!

"我给它使用的是最好的保护膜和润滑剂,没事是理所当然的!"孙悟空哈哈大笑说。

其他村民也都想体验一下老黄牛的神勇,向豆丁家提出借牛犁田的要求。豆丁爸爸非常大方,有求必应。结果,老黄牛仅用了三天时间就将全村的田犁完了,累倒了十多个驶牛的壮汉,而自始至终,老黄牛都如闲庭信步般轻松。

对老黄的特异表现,村民们开始只是好奇,但后来越想越觉得不对劲:一头普通的牛怎么会突然变得这么厉害?肯定是牛魔王转世了!村民们都这么认为。于是纷纷燃香下拜,把老黄牛当作神一样供奉起来,不仅不敢再用它来犁田、犁地,而且还指派专人伺候它,让它吃好住好。

看着一天比一天好的日子,孙悟空开玩笑地跟老黄说:"怎样,现在舒服了吧?这应该是你的理想生活了吧?!"

老黄牛咧着嘴,露出幸福的笑容和一排稀稀落落的牙齿。

"好好安享晚年吧!"孙悟空说,"你家鼻祖牛魔王没给你带来好日子,我替他帮你实现了,也不枉咱们相识一场了!"

"那是!非常感谢大圣!"老黄牛感激地连连点头道谢。心想,自己勤勤恳恳地辛苦了一辈子,从来不偷、不抢、不做亏心事,终于老来享福,也算是上天有眼、积善有余了!

就这样,孙悟空享受香火,老黄享受美食和按摩,各得其所,日子过得舒服自在。但这样舒坦的日子没过多久,一辈子操劳惯了的老黄对这种只吃不干活的日子开始感到无聊和厌倦了,它经常舔着自己越来越肥大的肚腩,自言自语道:"说句实在话,牛不犁田,活着又有啥意义呢?!"

每逢听到这话,孙悟空总是拍着老黄的肩膀,感慨地说:"老哥,你真是一头敬业的好牛呀!像你这样的老实牛现在真是越来越少喽!"

"没办法,牛就是牛的命!"老黄牛憨憨地说。

十六

老黄牛的生活和地位突然间发生了这么大的改观，自然引起了其他伙伴的羡慕嫉妒恨！其中最愤愤不平的莫过于大黑狗。

之前，由于工作岗位的不同，大黑平日跟主人走得近，跟豆丁称兄道弟，而且凭着脑子机灵好使，会耍点小聪明，深得主人的喜爱，所以虽然力气没老黄大，活干得没老黄多，没老黄辛苦，但却吃的、住的样样都比老黄好，在老黄面前也总是趾高气扬，感觉高牛一等！如今老黄居然一夜之间莫名其妙地翻了盘，骑在了它的头上，成了万人瞩目的神牛，俨然成了大英雄，吃香的、喝辣的，还有专人按摩伺候，更要命的是，自从老黄出了名以后，主人好像越来越不把它大黑放在眼里了，就连豆丁这个拜把弟兄对它也好像越来越疏远了。大黑感到由衷的失落！同时，也切身体会到什么叫人情薄如纸！

对于老黄为什么会在一夜之间突然蹿红，大黑起初百思不得其解！后来，在一次偶然机会中，大黑获悉了事情的真相，知道老黄之所以能在一夜走红，是因为孙悟空上了它的牛体！而这一切都是它的死党豆丁一手促成的！获悉原委后，大黑内心愈加不平衡了。"哼！有什么了不起？！又不是靠自己的真本事！"大黑酸溜溜地骂道，同时，不禁埋怨起豆丁来，觉得豆丁太不够意思了，"这么好的机会也不摊给我，平日只会叫我干活，好事却从来想不到我！"大黑嘀咕了一段日子，最后，它实在憋不住了，趁豆丁大解之时，蹲在豆丁旁边，一边瞅着那堆热乎乎的粪，一边与豆丁论理，问他是不

葫芦记

是也该给它这个忠心耿耿的伙计一个出狗头地的机会？叫孙悟空也上上它的身，让它威风一把？！豆丁听了大黑的倾诉后，觉得确实是疏忽了它的需求！感觉很内疚！于是答应劝孙悟空也上上它的身，让它出出狗头。

大黑本来只是向豆丁发泄一下情绪而已，并不指望会有什么改变！没想到豆丁竟如此痛快！惊喜之余，觉得自己错怪了豆丁！深感懊悔！

豆丁把大黑的想法跟孙悟空说了。孙悟空说他也正想换换环境，于是欣然答应，上了大黑的身子。

有了孙悟空护体，大黑勇气十足，所向披靡，判若两狗！他要借此机会解决一些以前想解决却又解决不了的问题！它首先想到的是要摆平它的情敌，那只如健身教练般健硕的斑点狗！正是因为那只该死的斑点狗，它的爱人蝴蝶狗才会离它而去！只要把斑点狗给废了，蝴蝶姑娘自然就会回到它大黑身边了！大黑越想越兴奋，越想越迫不及待！当即就四处去寻找斑点狗的下落，准备从它怀里夺回蝴蝶犬！

当大黑气势汹汹地找到了斑点狗时，那该死的家伙正和蝴蝶姑娘在草地上搂搂抱抱，享受着阳光和浪漫，看着它们那副温馨恩爱的样子，大黑醋意大发，火冒三丈，二话没说，就朝着它们跑了过去。

其实斑点狗老早就看见了大黑了。以往每次狭路相逢，大黑都必定远远地夹着尾巴逃跑的，所以这次斑点狗并没有把大黑放在心上，继续与它的情人卿卿我我。当它发现大黑并未像往常那样寻路逃匿，而是朝它径直走来时，它感觉不太对劲，正欲站起来探个究竟，但一切都为时已晚了。那个疯子也不知道哪来的胆量和力气，冲上来直接把它按倒，不分青红皂白，就是一阵狂咬，而且口口要命。蝴蝶姑娘被这突如其来的情景吓傻了眼，在一旁放声大哭。

平日打架总占上风的斑点狗，这次竟全无还手之力，被大黑咬

82

⊙ 不知道哪来的胆量和力气，冲上来直接把它按倒，不分青红皂白，就是一阵狂咬。

得遍体鳞伤，最后，花了吃奶的力气才侥幸脱身，一瘸一拐地落荒而逃。

曾几何时，正因为有了斑点狗，什么爱情、地位，统统与它大黑擦肩而过！害得它终日郁郁寡欢，经常对天感慨："既生瑜，何生亮？！"

现在，他终于打败了斑点狗，可谓报仇雪恨了，本以为应该可以赢回属于它的东西了！可以赢得美人归了！但，当大黑舔着嘴巴温柔而略带得意地瞅着蝴蝶姑娘，等待它冲上来拥抱自己时，没想到它却抛下一句"流氓！"，一边喊着"达令！等我！"，一边向斑点狗追了过去！气得大黑捶胸顿足骂道："下回我把那斑点怪物给废了，看你这个贱东西还能跟谁？！"

旁边鱼塘，一头大水牛刚刚泡完澡起来，看着被劈腿的大黑气急败坏的样子，忍不住哈哈大笑。

大黑见那头笨牛竟敢嘲笑自己，恼羞成怒，扑上去对着它脖子下坠的肉狠狠地咬了一口。

"你这笨东西！笑什么笑！"大黑骂道。

水牛被大黑咬得"哞"的一声，又重新掉进了鱼塘里。

由于心情不好，大黑看什么都不顺眼，一路上是见什么咬什么，甚至见了人也都要凶狠狠地吠上几句。那些猪啊，狗啊被它赶得东躲西逃，一些胆子小的人见了它也都远远地捡起石头以防不测。当大黑路过一户人家的门口时，正好有一个少妇抱着小孩在门外拉屎，那少妇一边晃动着小孩，一边不停地喊"狗儿，来吃屎喽！"

一只小黄狗听见喊声，从屋里冲了出来，正欲吃那屎，一眼瞅见大黑，生怕大黑抢了它的午餐，不知死活地对着大黑"汪汪"直吠。

大黑本来就一肚子的火，哪容得这个小癞皮狗造次，张着大嘴冲上前去就要教训它。

孙悟空见大黑张着嘴巴向那堆屎冲去，以为它要吃屎，吓得赶紧飞离了大黑的身躯，一头插进了迎面而来的一头母猪身上，就是烂头禾家的那头母猪。

那母猪本来就是冲着那堆屎来的，它先把那只小黄狗拱得凌空飞了出去，再转身对付大黑。正在气头上的大黑，见一直是手下败将的母猪竟然敢对自己耀武扬威，更是怒火中烧、火上浇油，又想像往常一样，对着它的屁股一口咬下去。殊不知那母猪来了一招"母猪屁股摸不得"，先是将尾巴轻轻一甩，虚晃一招，紧接着两只后腿凌空而起，双双踢在大黑的胸口上，可怜的大黑还没反应过来，就已被踢出十米多远，重重地摔在了地上。

大黑挣扎着从地上爬了起来，远远地看着那头丑陋的母猪，百思不得其解："它怎么突然变得这么厉害了？"一直到后来很长时间，它都没弄明白自己究竟败在了谁的手里。

母猪见大黑仍不走开，于是竖起尾巴和鬃毛，呲牙咧嘴地朝它冲来，吓得大黑扭头就跑，狼狈地逃回了家。

由于大黑今天的反常表现，大家都以为它疯了，见着它，要么操起家伙追打过来，要么远远地躲避，它现在成了过街老鼠，人人喊打！就连那个丑陋肮脏的母猪也骑在了它头上耀武扬威了！大黑真是既可怜又自卑，躲在家中的饭桌底下，很长时间都不敢出门！

看着老黄雍容华贵的样子，大黑心想，为什么孙悟空上了老黄的身，就给老黄带来了荣华富贵，但轮到自己时，却是这样的倒霉结局呢？它百思不得其解！

十七

当孙悟空发现自己竟然上了一头又脏又臭的母猪身上时，恶心得差点没把五脏六腑吐出来！赶紧连滚带爬地逃离了母猪的身体。

孙悟空已体验过做牛、做狗，甚至是做猪的生活了，现在他想体验做人的滋味！于是，在征得了豆丁的应允后，孙悟空附上了豆丁的身体。

自从发生了上次的浸猪笼事件后，加上班主任李老师的家访和开导，豆丁的父母、姐姐们都觉得李老师讲得很在理，以前他们与豆丁的沟通交流确实做得还不够。所以，打那以后，无论他们农活有多忙，都会尽量抽时间来陪伴豆丁。豆丁也感觉到了家人的良苦用心，变得越发的懂事，越发体谅父母的辛劳了。

"豆丁，你真幸福呀！"看到豆丁有这么多家人疼爱他，孙悟空是既感伤又羡慕！

"在家里我是老幺，他们疼爱我是很正常的呀！"豆丁说。

"我就从来没有被人疼爱过。"孙悟空一副顾影自怜的样子说。

"怎么会呢？"豆丁说，"谁都有童年，有童年就会有爸爸妈妈疼呀！"

"唉！别提了！"孙悟空越说越伤心，"我出生到现在，从未见过父母！连父母长什么样子都不知道，更别说父爱、母爱了！"

"哦！我差点忘了，你是从石头缝里蹦出来的！所以没有父母!"豆丁突然想起道。

"这说法不科学,"孙悟空说,"石头怎么会生孩子呢? 我怀疑这是我那学艺师父菩提祖师编造出来的谎言。"

"他为什么要编造谎言来骗你呢?"豆丁若有所思地问。

"那老祖老了,怕自己的技艺失传,所以要物色传人,而这传人必须是六根清净、无牵无挂的人,只有这样的苗子才能心无杂念地全心全意投入学艺,才能学成他的绝学。因此,我推断,肯定是那老祖在我出生时,在产房里把我从妈妈身边偷了出来,再编出什么石头里蹦出来的鬼话,以断我的凡念!"

"那他也是为你好呀! 如果不是这样,你怎么会有今天的成就呢?!"豆丁说。

"你觉得我这样好吗?"孙悟空说,"一个无父无母、无兄无妹的人,内心是多么的寂寞、多么的孤独、多么的痛苦! 你能体会得到吗? 如果让我选择,我宁愿做一只普通的猴子,从小生活在父母、兄弟姐妹身边,那才叫幸福,才叫生命的真谛呀! 什么功名利禄,其实通通都是浮云,都是浮华的装饰,是供外人观看,供俗人起哄或唾骂的! 只有内心感受才是自己的!"

"你虽然没有父母,没有亲生姐妹,但你有许多好朋友呀? 他们不也像亲兄妹一样爱你吗?"豆丁安慰他说。

"唉,我那些都是打打杀杀、吃吃喝喝的江湖朋友! 那些朋友,打架时不要命地争勇斗狠,喝酒时不顾身体地比拼豪气,过后有多少伤痛、悲凉,只有自己知道、自己扛啊!"孙悟空不无伤感地说。

"你不是有两个很好的师父吗? 正所谓一日为师,终身为父,他们应该也算是你的再生父母了!"

"他们? 没错,没有他们就没有我今天的成就! 但他们对我是绝不会有你父母对你那样的感情的! 我看这么多天来,无论你做错了什么事,你的爸爸妈妈都不会打骂你。要知道,我在菩提老祖那里学艺时，我只不过想练习一下所学的技艺，变成了一棵松树，结果那老祖说我卖弄本事，不容分说地把我赶出了斜月三星洞！无论我怎么跪地求饶，他都不肯原谅我。回过头去想想，如果不是被他早早赶出师门，我的本领又何止这些，当年的二郎神又怎能占得我半点便宜？！"孙悟空越说越激动，一副愤愤不平的样子，"至于那唐三藏就更别提了，稍有不从，就用紧箍咒来治我，简直一点师徒情分都不讲！又何来父母之情了！"

"他们那样做也都是为你好！正如以前我爸爸妈妈也曾经打过我一样，都是希望我变好！"豆丁说。

"为我好？有这样为我好的吗？那唐三藏，与其说是为我好，莫如说是作秀给佛祖看！生怕佛祖说他心不够诚，取不了真经！因此，只要稍微有一点点他认为可能有违佛法的地方，就拿我来开刀，治猴给佛看，以显示他的诚心！自己肉眼凡胎，却固执得很，分辨不出是非，上了妖怪的当，反倒要来怪我，让我来承担他的过错。就拿那个白骨精来讲，为了一个妖女，也不知道是不是看人家长得有几分姿色，动了怜香惜玉之心，竟差点用紧箍咒咒死了我，还要和我断绝师徒关系！哎呀！那些日子，我真是里外不是猴，做猴两头难啊！"

"幸好，一切都过去了，你也一分耕耘一分收获，终于修成正果了！"豆丁拍着孙悟空的肩膀安慰道。

"哎呀！这样成功的代价太大了！为了这个正果，我可是到了无父无母、无亲无故的地步了！所以，我要好好珍惜这个机会，借你的身体体验、感受一下母爱，好好享受一番童年之乐，也算弥补前半辈子的缺憾了！你可要成全我呀！"

"没问题，你就尽情地感受吧！"豆丁说。孙悟空把自己的身世说得那么惨，豆丁听了都不禁动了恻隐之心了！

"那好，请你告诉我，怎样才能让你感觉到父母对你的疼爱？"孙悟空问。

"我生病的时候最能感觉到爸爸妈妈对我的爱。"豆丁不假思索地说。

"好吧! 那就让我们生一场病吧!"孙悟空竖起两个手指打了个成功的手势说。

"可不能病得太重呀!"豆丁嘱咐道。

"放心吧! 就发个高烧而已!"孙悟空说。

"那可以!"豆丁说。

十八

当天傍晚, 豆丁放牛回家后, 一声不吭地就独自上床睡觉去了。妈妈煮好了饭, 喊大家吃饭时, 等了半天, 都不见豆丁出来, 于是走到豆丁床前一边用围裙擦着手, 一边关心地问: "丁丁, 吃饭了。"

"我不想吃。"豆丁把头闷在被窝里, 气若游丝地答道。

"为什么不想吃饭呀?"妈妈似乎感觉到有点不太对劲。

"我不舒服。"豆丁露出一副难受的样子说。

"哪里不舒服了呀?" 听儿子说不舒服, 妈妈不免紧张起来, 说。把脸颊贴在豆丁的额头上感受了一下豆丁的体温, "唔, 是有点烧, 肯定是着凉了! 他爹! 咱们的儿子发烧了!"

"什么?"爸爸从地里回来, 刚洗完手准备吃饭, 听见老伴的喊声, 扔下饭碗冲了进来, 连声问道: "怎么啦? 怎么回事?"豆丁爸爸也用手在豆丁额头上摸了摸, "唔, 是发烧了。快, 赶紧拿百草茶煲汤给他吃!"

姐姐们听见喊声也都跑了进来, 她们围着豆丁, 一个摸手, 一个摸脚,七嘴八舌地问长问短!大姐亲了亲豆丁的额头,转身去取百草茶了,其他姐姐则守在丁丁身边。

豆丁生病了!一家人都感觉像是出了什么大事似的,饭也顾不上吃了,围着豆丁,忙上忙下,嘘寒问暖。见他们焦虑成这样子,豆丁实在于心不忍,安慰他们说自己没事,催促他们赶紧先去吃饭。但他们全不理会!直到大姐煮好了百草茶端上来,大家看着豆丁喝了一碗下去,才感觉稍微松了一口气,才记起要去吃饭,但此时饭菜早已凉了。

豆丁实在不愿意看到亲人为自己担心、操劳!于是对孙悟空说:"大圣,差不多就可以了!不要玩得太过了呀!"

"放心吧!我自有分寸!"孙悟空说。

二姐端着饭碗坐到豆丁床边,她自己扒了一口饭,再把碗凑到豆丁嘴边,叫豆丁也吃一口,豆丁正要张口,孙悟空却使劲地摇头。姐姐见豆丁摇头,就夹了一块黄豆焖的野兔肉送到豆丁嘴边,让豆丁吃。豆丁又要张口时,孙悟空又使劲地摇头。这回姐姐却不肯依他了,非要他吃不可。终于,尽管孙悟空把头都摇晕了,豆丁还是一连吃了几块美味的兔肉。

趁二姐出去添饭,豆丁问孙悟空:"你干吗不让我吃东西,你想饿死我呀?!"

"你吃东西,他们就会认为你病得不够严重,那样他们就不会紧张你,他们不紧张,我就感受不到最无微不至的亲人的关怀和照顾了!"孙悟空说。

豆丁刚要说什么,只见三姐擦着嘴巴进来了。

"你真的不吃饭吗?"三姐附在床上问。嘴里还嚼着东西。

豆丁摇摇头。

三姐比豆丁没大几岁,俩人平时玩得最近,话也特别多。"来,我看你生病了之后力气还大不大!"说着,三姐握着豆丁的手,要跟他掰手腕。

就在这个时候，妈妈从房外走了进来，看见三姐的举动，赶紧制止道："弟弟都生病了，你还跟他玩掰手腕，有你这样做姐姐的吗？！"三姐伸伸舌头，连忙把手缩了回去。

约莫过了半个时辰，大姐又端来了一碗热腾腾的百草茶让豆丁喝。百草茶味道非常苦，简直难以下咽，为了演戏给家人看，豆丁刚才勉强喝了一碗！没想到姐姐这么快又要他再喝一碗。这次，他是无论如何也不肯喝了！

爸爸端着一碗菜干汤，边喝边走了进来，见豆丁不想喝药，说："快喝，爸爸去小卖部给你买糖！"说着，一口将汤喝完，放下碗，擦着嘴巴就跑出去买糖了。

一家人都希望豆丁能多吃点东西，以便增强抵抗力，早日康复。豆丁本人也很饿，也很想吃，只是孙悟空为了增加装病的真实感，从中阻挠而已！豆丁家人并不知道这一点，认为豆丁是因为生了病没胃口！至于喝药，豆丁是真的不愿意。一方面是因为药实在是苦，实在是难以下咽！另一方面是他明知自己没有病，无须吃药！但家人却不这么想！他们认为，不吃药病怎么会好呢？！于是都想方设法让豆丁把药吃下去！

不一会儿，爸爸手里拿着一包麦芽糖回来了，但细心的老伴却发现他的腿好像有点异样，于是俯下身问道："他爹，你的腿怎么了？"

豆丁爸爸摆摆手，示意老伴不要说话。随手掰了一块糖，俯身送到豆丁嘴里，"啊"地做了个张嘴的动作，叫豆丁吃糖。

这时，豆丁妈妈突然惊呼道："他爹，你的腿怎么流血了？！"

"没事，刚才路上不小心摔了一跤，磕破了一点皮而已。"爸爸没当回事地说。

豆丁妈妈却不这么认为！她一边责怪老伴的粗心，一边赶紧拿了炉灰帮他敷伤口，说："你看，皮都掉一大块了，还说没事！"嘴上责怪着，语调中却饱含温情。

⊙ 大姐又端来了一碗热腾腾的百草茶让豆丁喝。

　　看到一家人因为他的装病忙得一团糟，豆丁实在看不下去了！他一口将那碗百草茶喝了，双手一撑，试图从床上爬起来，结束装病。但孙悟空不愿意太早结束这一切！他还没有体验够呢！

　　孙悟空将手一撒，豆丁咕咚一声，又倒回在床上。

　　豆丁连床都起不来，分明病得不浅！一家人见此，愈发紧张，愈发惊慌失措！母亲甚至闭上眼睛开始祈祷了。

　　豆丁再也无法忍受了！暗暗对孙悟空说："爸爸妈妈和姐姐们干农活已经够辛苦的了，不要再折腾他们了，赶紧让我好起来吧！"

　　"我还没体验够呢！急什么急？！"孙悟空说。

　　"你再这么固执，我可不干了！"豆丁坚持道。

　　"你不是说好了要帮我的吗？怎么能说话不算话呢？！"孙悟空说。

　　"但也不能这样折腾我的家人呀！"说着，豆丁又想坐起来，但他的双手、双脚好像不是自己的似的，任凭他怎么使劲都动弹不得！豆丁明知是那猴头在搞鬼，但却奈何不了他。

　　豆丁虽然吃了百草茶，但烧还是没有退，不但没有退，反而烧得越来越严重了。妈妈把湿毛巾敷在豆丁额头上给他降温，但湿毛巾刚敷上一会儿，马上就被烘热了。

　　"怎么热得这么快？"大姐说，尝试着用手去给豆丁探热。但她的手刚碰到豆丁的额头，立马被烫得叫了起来。大家从未见过这么严重的高烧，一家人急得六神无主！

　　"赶紧去叫医生！"妈妈的情绪近乎失控，发疯似的嚷道。二姐、三姐答应了一声，冲出了屋外。

　　不一会儿，两位姐姐请来了村医务所的赤脚医生。

　　医生往豆丁额头上摸了摸，也大吃一惊，失声惊叫道："怎么这么烧？！"

　　医生把探烧针插在豆丁腋下，给他量体温。过了一会儿，当他取出探烧针时，却发现探烧针由于受热过度，表面竟出现了裂纹。

赤脚医生从医多年，从未见过这种情况。他惊慌失措却又无可奈何地看着豆丁的父母，摇摇头说："没办法了，准备后事吧！"

"什么？"豆丁妈妈简直不敢相信自己的耳朵，先是呆了呆，随即趴在豆丁身上，号啕大哭。

哭着哭着，豆丁的母亲好像突然记起了什么，快步跑到老黄牛跟前，跪下，哭诉道："阿黄啊！阿黄！你不是神牛吗？求你显显灵，救救咱们丁丁吧？如果你能救好丁丁，下辈子我做牛你做人，我来给你犁田！"

老黄牛并不知道事情的真相，见主人伤心成那样子，以为小伙伴豆丁真的已命悬一线，难过地掉下了同情的眼泪，心想："唉！我要真的是神牛，要是真有那本事，不用你们来求我，我都会主动去救他了！可惜我并没有这个本事呀！之前我之所以有超牛的表现，全是因为孙悟空上了我的身体，现在孙悟空已经离开了我了，我哪还有什么本事哟？！"

老黄牛虽然只是在心里这么说，但孙悟空却能听得见。他用隔壁传音的方法对老黄牛说："你就帮帮她吧！"

"大圣，您就别拿我来开心了！"老黄牛说，"自从您舍我而去后，我现在除了吃，可是别无长处了！"

"嗨！不是有我吗？！"孙悟空说。

孙悟空把该如何做，一一教给老黄牛！末了，还补充道："此事一成，你肯定又将名声大噪了！"

老黄牛听了连连点头！这等美差它是做梦都想着做呀！

孙悟空于是对着老黄牛轻轻吹了一口气，说声："去！"

老黄牛顿时觉得天旋地转，迷迷糊糊的，连它自己也不知道是怎么回事就说起了人话来。

"你真的要救你儿子的性命吗？"老黄牛说。

豆丁的妈妈见老黄牛居然开口说人话，以为真是菩萨显灵了，又惊又喜，对着老黄牛一连磕了几个响头，恳求道："求菩萨保佑！求神牛显灵！救救我儿丁丁吧！"

"你儿子阳寿已尽，但如果你执意要救他，必须要用你的阳寿来交换，你愿意吗？"老黄牛问道。

"只要能救活我儿子，什么我都愿意！"豆丁妈妈不假思索地回答道。

"你愿意用多少阳寿来续你儿子的命呢？"老黄牛问。

"剩下的全都给他，下辈子的也全都给他！"妈妈毫不犹豫地说。

看到这里，孙悟空仰天长叹道："罢了！罢了！"他本来还想将戏演下去的，但他的内心实在承受不了了，"父母对子女的爱，真是世界上最无私、最没有保留的爱，因此也是最神圣的爱。都说佛法无边，但今天看来，父母的爱才是真正的浩瀚无边啊！我虽已成佛，享尽了天地精华，但却无缘于这样的真爱，没有这种爱的生命，是残缺的！因此，我的一生也注定是残缺的！"

"人尚且无完人，何况是猴呢？"孙悟空解除了施在豆丁身上的法术，豆丁渐渐恢复了正常，从床上爬了起来，揉着眼睛说。

孙悟空摇摇头，露出无奈的苦笑。

豆丁转危为安，一家人转悲为喜！妈妈一把将豆丁搂在怀里，破涕为笑！

豆丁此次绝处逢生，大家都想当然地认为是老黄牛的功劳。消息传开后，远近乡村，凡有人生病的，首先都会来给老黄牛烧两炷香，供上鲜嫩的草料，求老黄牛保佑病人早日康复。

老黄牛的牛栏门前从此香火不断，好不热闹。不过老黄牛并不喜欢他们在它栏前烧香，一来是因为眼睛、鼻子被熏得受不了；二来，用它的话讲，还是多捎些嫩草料来实在些！

十九

豆丁的妈妈还以为上天真的会用她的阳寿来换取儿子的康复，暗暗做好了赴死的准备。但时间一天天过去了，她依然活得好好的，于是渐渐地也就把这件事给忘了，生活恢复了往日的平静。

孙悟空并没有要回仙界的打算，因为他还没有体验够人界的生活，他整天附在豆丁的身上，跟着豆丁四处游玩，上学、放牛、打猎、捉鱼等，什么事都做，可谓乐不思蜀！孙悟空虽然活了好几千年，但却从未经历过这些童年趣事，因为他压根就没有童年。

自从孙悟空上了身，豆丁具有了超乎常人的法力，成了学校和村里的名人了。虽然大家都不知道个中的奥秘，但也正因如此，大家才愈发觉得豆丁神秘莫测。

在学校，原本成绩平平的豆丁，一下子成了班上的尖子生，科科考试一百分。在体育方面，跑步、跳远、跳高，像会飞一样；推铅球就更像是打大炮，随手一扔，就能把铅球扔得无影无踪。

对豆丁的突出表现，学校里大多数师生都是持肯定态度的，但有一个人却例外，那就是教导主任。上次，豆丁冒着危险，给倒在冰雹雨中的他送去了一个箩筐，几乎可以说是救了他一命，但这仍未能消除他对豆丁的偏见！每次提到豆丁，他总是嗤之以鼻，平日也总千方百计找碴儿来打压豆丁。

这天，因为一件很小的事情，教导主任竟然小题大做，把豆丁叫去办公室，劈头盖脸地教训起豆丁来。

孙悟空实在看不下去，拔了根毫毛，变了一只麻雀般大小的大马蜂，追着教导主任狂咬乱蜇，把他蜇得鼻青脸肿。这次事件以后，教导主任彻底老实了，不但不敢再招惹豆丁，而且一见到豆丁就远远地躲起来。

班主任李老师本来就非常看好豆丁，现在见他进步这么大，由衷地感到欣慰，对豆丁更加关注了。每当她下来班上巡查时，总会到豆丁旁边看看。李老师身上有一股特殊的香气，就连孙悟空也几乎被这股香气迷倒了，每逢靠近她的身边，孙悟空必定双手合十，念道"阿弥陀佛！善哉善哉！"

过了些日子，突然有一天，豆丁发现李老师的脸色变得憔悴了许多，而且情况有日趋严重的迹象！红润的脸蛋渐渐变得黯淡无光，原本活泼可爱的李老师竟一下子变老了似的，面黄肌瘦，步履蹒跚！

豆丁是看在眼里，急在心里！一再追问孙悟空是怎么回事？

"我也不能确定具体的原因，只是隐约感觉到她的身上有一股妖气。"孙悟空说。

一听妖气二字，豆丁吓得毛骨悚然！"你的意思是有妖怪在纠缠李老师？"豆丁瞪着大大的眼睛问。

"很有可能！"孙悟空说。

"那么，我们该怎么办？"豆丁心急地问。

"根据她的情况，那妖怪很有可能是晚上对她下的手。"孙悟空说。

"咱们晚上去打个埋伏，把那妖怪给除了！"豆丁迫不及待地说。

"好啊！反正也很久没抓妖怪了，手有点痒痒的！"孙悟空跃跃欲试地说。

"好，就这么定了！晚上我们去李老师家附近埋伏起来，等妖怪一出现，就把它降了！"豆丁说。

说干就干！当天晚上，豆丁提着他那把铁锹，悄悄地溜出了家门,来到李老师家附近,爬上老师家对面的一棵石榴树,远远地监视着周围的动静。

月色很好,山口吹来阵阵清爽的凉风。摇晃的树影中,隐约可见李老师房间的窗户透着黄色的灯光。李老师在备课呢!豆丁心想。

豆丁在石榴树上一直待到深夜,却没有发现任何异常情况。这时,李老师房间的灯熄了,老师大概要睡觉了。豆丁也感觉有点困了,但却不愿意离开。为了解困,豆丁不停地嚼石榴树叶,通过咀嚼来驱除睡意。

又过了许久,李老师估计也已进入梦乡了,但仍然不见有异动。正当豆丁与孙悟空以为今晚可能不会有事发生了,想撤离时,后山突然刮起一阵狂风,霎时飞沙走石,乌云遮月。

"注意!"孙悟空轻声说。

"知道了!"豆丁感觉既兴奋又紧张,牢牢地握紧手里的铁锹,双眼紧紧地盯着李老师的家。

又一阵狂风过后,随着哗哗的落叶声,李老师家的门突然吱呀一声打开了,紧接着,一个身穿睡衣、披头散发的人影从屋里慢慢地走了出来。

"李老师!"豆丁几乎喊了出来。

"嘘!"孙悟空赶紧制止豆丁,"先别出声,看清楚怎么回事再说。"

只见李老师出了门,像是中了邪似的,凄迷地、毫无感觉地沿着屋后的小径一直往山上走去。

"这么晚了,李老师去后山干什么?"豆丁自言自语问道。

"李老师着魔了!"孙悟空轻声说。

"啊?着魔了?!"豆丁紧张得心都快要蹦出来了。

"难道你没看见走在李老师前面的那个影子吗?"孙悟空说。

"影子?别吓唬我哦!"听说李老师是被一个影子牵着走的,豆丁不禁毛骨悚然。

"是的!不过这并不是一个普通的影子,它是白骨精的化身!"孙悟空说。

"啊?!白骨精?!"豆丁吓得手一滑,差点从树上掉了下来。

"是的!"孙悟空肯定地点了点头。

二十

"白骨精不是早已被你打死了吗?!怎么还会出现?!"豆丁不解地问。

孙悟空说:"我当年打死的只是它炼成的肉身而已!并灭不了它的孢子!它的肉身就好比这棵石榴树的树干,孢子就好比树根。把露在外头的树干切掉了,只要它的根部还在,假以时日,它还是会生根发芽的!"

"你也太差劲了!打了三次都没能彻底把它给灭了!"豆丁挖苦道。

"大凡神仙、妖精都是打不死的!"孙悟空笑着说。

"我就不明白!你们怎么就这么有缘分,总是能遇上呢?"豆丁摇摇头说。

"不是我想遇上就能遇上的!这纯粹是责任上的规定!"孙悟空说,"我们仙界有个死规定,首问制度!"

"什么意思?"豆丁皱起眉头,不解地问。

"就是谁先发现的妖怪,谁就是降服此妖的第一责任人,而

⊙ 听孙悟空说，李老师是被一个影子牵着往外走，豆丁吓得毛骨悚然。

100

且是终身负责!"孙悟空说。

"为什么?"豆丁问。

"这叫缘分!说白了就是相互推诿的案例多了,出台这个规定的目的就是要杜绝推诿!"孙悟空说。

"没想到你们仙人也会推诿责任!真是让人大跌眼镜!"豆丁挠挠后脑勺,苦笑着说。

"仙凡同理!仙凡同理!"孙悟空也无奈地笑着说。

"如此说来,你事先已经知道会在凡间遇上白骨精?这次是专门冲着白骨精而来的啦?"豆丁仿佛明白了什么,说。

"正是!"孙悟空双手合十道,"我这次出来的主要使命就是来降服白骨精!"

"原来我们都被你骗了!"豆丁假装不满地说。

"这也是迫不得已呀!"孙悟空再次双手合十道,"不这样,只怕消息泄露,会打草惊蛇呀!所以还望葫芦使者原谅!"

"既然如此,你就赶紧把它除掉,救救李老师吧!"豆丁迫不及待地说。

"我的目的正是要除掉它,只是还需要你的帮忙!"孙悟空说。

"我根本就看不见那东西,怎么帮忙呢?"豆丁皱着眉头说。

"别急,让我来给你施点小法术,这样你就可以看见它了,我们就可以互相借力铲除它了!"孙悟空说。

"那太好了!"豆丁摩拳擦掌地说。

"你先下去摘一片茅草叶子来。"孙悟空说。

"好!我这就去!"豆丁按照孙悟空的吩咐,滑下石榴树,在树边的草丛里折了一段茅草叶,问道:"现在又怎么做?"

孙悟空对着茅草叶吹了一口气,说:"你闭上眼睛,然后把茅草叶子轻轻地在眼皮上抹一抹。"

豆丁闭上眼睛,把茅草贴在眼帘上,轻轻地抹了一下。

"现在感觉怎么样?"孙悟空问。

豆丁眨了眨眼睛,朝李老师的方向望去,果然看见一个烟雾一样的影子牵着李老师往山上走。

"看到了!看到了!"豆丁兴奋地说,"不过,我只看到一团烟雾,并没看到什么白骨精!"

"它还没修炼成形!所以你看到的只是一团烟雾!"孙悟空说。

"哦!我现在就去打它吗?"豆丁一边说,一边提起手中的铁锹,一副跃跃欲试的样子。

"跟着它就行了!先不要惊动它,看它把李老师带到什么地方,"孙悟空说,"我们要把它的巢穴找出来,将它一窝端!这叫作端窝打点!"

"有道理!"豆丁点点头说。

于是,豆丁借着路边草丛的掩护,远远地尾随着李老师和白骨精。李老师茫然地跟着白骨精,翻过一个个山坳,最后来到一条小溪旁,在一块黑石上盘腿坐下。而白骨精却化作一个圆环,罩在李老师的天灵上,仿佛在从李老师身上汲取什么东西。

"不好!"孙悟空说道,"它在汲取李老师的元神,得赶紧阻止它!"边说,边嘴里念念有词:"变!"

孙悟空话音刚落,豆丁顿时觉得身体像吹气球似的胀了起来,浑身充满了力量,挥舞着铁锹,对着白骨精冲上去。

白骨精听见动静,马上化作一股阴风,逃遁得无影无踪。

"糟了!让它给逃了!"孙悟空惋惜地说。

白骨精刚一离开,李老师马上就清醒了过来。她揉着惺忪的眼睛,环视着眼前陌生的环境,半天都想不起自己身在何处。当她看见豆丁手提铁锹站在自己身边时,不觉吃了一惊,问道:"我怎么会在这里的?你,你怎么也会在这里的?"

豆丁刚要回答,孙悟空却抢先一步,对着李老师吹了一口气,李老师顿时又迷糊了过去。

"你干吗要把李老师弄迷糊了?"豆丁不解地问。

"决不能让她知道事情的真相,否则,她的精神会受不了的。"孙悟空说。

"那我们现在该怎么办?"豆丁焦急地问。

"像刚才白骨精做的一样,把她带回家去。"孙悟空说。

"好的!"豆丁点点头,让李老师握着铁锹的一头,自己牵着另一头,悄悄地把李老师带回了家里。

第二天上课时,李老师说她昨晚做了一个奇怪的梦,梦里见到了豆丁。

二十一

孙悟空和豆丁都以为白骨精还会回来找李老师,因此在李老师家门前一连守了好几个夜晚,但却再也没见白骨精出现过了。

"看来白骨精已经意识到我们要对付它了,所以不敢出现了!"孙悟空说,"不过,我们一定要趁现在它还没修炼成形,把它找出来,收了它,以绝后患!否则,等它修炼成形后,再对付它就难了!"

"说得对!一定要趁早把它给灭了!"豆丁撸起袖子说,"不过,我们该上哪去找它呢?山这么大!"看着绵延的群山,豆丁不禁皱起了眉头。

"白骨精正处于修炼期,它必须要通过汲取人的元神来修炼自己,所以,它是不会就此罢休的!即使不找李老师,也会找别的人!"孙悟空说。"所以,我们要把目标放在村里!在村民中找!"

"在村民中找?"豆丁挠挠后脑勺,问。

"是的!但凡被它缠着的人,脸上肯定都会有邪气,只要我们发现谁的脸上有邪气,就可以顺藤摸瓜找到白骨精了!"孙悟空说,

"我怎么没想到呢?!"豆丁使劲地拍了一下大腿说。

豆丁于是开始留意周围的人,无论遇见谁,只要觉得对方气色稍有异常,他就皱起眉头,神秘兮兮地把对方由头到脚仔细看个遍,甚至还把鼻子凑到人家的身上嗅一嗅,闻闻看有没有异味。

豆丁的怪异行为,招致不少议论和猜测,尤其是在学校,他一副特务般的神态,给他惹来了不少麻烦和尴尬!

一天,校长从走廊迎面走来,大概是校长那天正好身体不舒服,脸色显得比平日苍白了些。结果招致豆丁的怀疑,被豆丁拦在了走廊中间。

豆丁睁大眼睛,仔细打量着校长的脸。被豆丁无端拦住,校长已经很不爽,憋着没发火。心想,这孩子究竟是怎么啦?!后来见豆丁像审贼似的盯自己,真不知该好笑还是好气!狠狠地哼了一下,推了推眼镜,试图侧身挤过去。不想,豆丁却不肯放他过去,死死将他拦住。更气人的是,豆丁竟还把鼻子凑近他的衣服,像狗似的来回不停地嗅。

校长实在忍无可忍了,大喝一声:"豆丁同学!你在干什么?!"

豆丁被校长炸雷般的声音吓得如梦初醒,转身逃进了厕所。

就这样,一连数月,什么情况也没发现,白骨精像从来没有出现过似的,杳无踪迹!豆丁甚至都感到有点泄气了!不过,就在这时,他却意外地从乌鸦嘴里得知,他的邻居烂头禾每天深夜都往山上跑的消息。

"肯定有问题!"豆丁自言自语道。

"但看不到他身上有什么妖气呀！"孙悟空说。

"不管有没有妖气，就冲着他每天深更半夜往山上跑这一点，就不正常！"豆丁说，"而且，你看，他的脸色青一块白一块的，这不正是妖气缠身的症状吗？"

"嗯！这么说也有点道理！"孙悟空点点头，"既然这样，晚上就悄悄跟着他，看看他搞的是什么鬼吧！"

说干就干，当天夜里，豆丁蹲在自家院子里，透过围墙的缝隙，监视着烂头禾的一举一动。

半夜时分，只见烂头禾家的大门"吱"的一声打开一条缝。紧接着，一个瘦长的脸探了出来，鬼鬼祟祟地往外张望了一阵子，然后就快速地一闪而出，肩上还挑着一担箩筐。

借着昏暗的月色，豆丁认出那人正是烂头禾。

"深更半夜的，他挑着一担箩筐干什么去？"豆丁揣摩道。

"别管这么多，跟上去再说吧！"孙悟空说。

于是，豆丁悄悄地跟了上去。

烂头禾挑着箩筐，在斑驳的月色下，沿着山路躲躲闪闪地越过山坳，来到一片番薯地前。

"我知道他想干什么了！"豆丁恍然大悟道，"他要偷村里的番薯！怪不得前几天听爸爸说村里的番薯被人偷了，原来是他干的！"

只见烂头禾放下箩筐，四周张望了一会儿，在手掌上吐了两下口水，搓搓手掌，抡起刚才用作扁担的锄头，猴急地挖起了番薯，把一根根挖到的番薯扔进了箩筐。

"一定要想办法制止他！"豆丁说。

"这有什么难？！"孙悟空说，"你把嘴巴张开。"

豆丁按孙悟空说的那样张开了嘴巴。孙悟空借豆丁的嘴巴，轻轻地吹了一口气。霎时间，只见飞沙走石，乌云遮月，大风伴随着阵阵吓人的哀叫声！

正在全神贯注地挖着番薯的烂头禾,被突如其来的变化吓得魂不附体。他扔下锄头和箩筐,连滚带爬地逃回家,"嘭"的一声关上大门,上气不接下气地跌坐在地上,久久缓不过气来。

第二天,村民在番薯地里发现了箩筐和锄头。凭着箩筐上写的大大的"禾"字,大家知道那是烂头禾家的东西,立马就猜到了事情的真相。

于是,村民们提着那箩筐和锄头,到烂头禾家兴师问罪!

烂头禾还没有从昨夜的惊悸中恢复过来。听见敲门声,他战战兢兢地打开了门,面对大伙审视的目光,烂头禾对自己的所作所为供认不讳。最后,村民还在烂头禾家的柴房里发现了一大堆番薯,那正是烂头禾之前偷的!

豆丁本来是要抓妖怪的,却没想到歪打正着,帮村里破获了番薯失窃案,也算是做了一件有意义的事,按理豆丁应该很开心才对!但只要一日没找到白骨精的下落,豆丁都高兴不起来!而就在这时候,事情却有了眉目。

二十二

豆丁舅舅所在的村,近日相继有人得了一种怪病,患者像是被勾了魂似的,神志不清,目光呆滞。老人都说他们是中了邪,必须要想办法驱除他们身上的妖魔,否则他们只有死路一条。在村民看来,驱邪这事,非莫半仙不可!因而纷纷恳求他出手为民除妖!

莫半仙上次企图加害豆丁,将豆丁连同一只鸭子一起浸猪笼。不想遇上了哪吒,哪吒暗中施展法术护住豆丁,使豆丁避免了伤害！莫半仙真所谓李鬼遇上了李逵，被吓得几乎一命呜呼！从此再也不敢轻易出来装神弄鬼、招摇撞骗了！

如今村民再次请他出来驱妖，而且这次要应对的是非常现实、棘手的问题。莫半仙非常清楚，他并没有真本事，并没有这个能耐，却已骑虎难下，只好祈求神灵保佑，再次登场，逐家给病人看病除妖！

莫半仙穿起道袍，燃起香炉，左手端着八卦镜，右手挥舞桃木剑，绕着患者，煞有介事地"天灵灵、地灵灵"地念念有词，完了，再用香炉灰冲水让患者喝下，收了主人家给的红包，一句"没事了，放心吧！"就往下一家给别的病人治病去了。

毫无疑问，患者并没有因为喝了莫半仙的炉灰汤而有所好转，不但没有好转，患病的人还有增无减，几乎每天都有新增的病人，最后，就连豆丁的舅母也得病了。

得知弟媳生病的消息，豆丁的妈妈急忙拎着一只鸡赶过去探望。她原以为杀个鸡炖给弟媳吃，补补身子，病就好了！去到一看，才知道弟媳躺在床上已奄奄一息了。

见弟媳病成那样子，豆丁的妈妈真是心急如焚呀！这时，她想起了自家的老黄牛！众所周知，她家的老黄牛可也是神牛呀！

"也许老黄牛能救他舅妈！"豆丁的妈妈心想！于是急急忙忙赶回家，给老黄牛烧了三炷香，求老黄牛救救弟媳和那些患病的村民。

老黄牛一边反刍，一边无动于衷地眨着眼睛，心想，如果我真是神仙，真有那本事，还会心甘情愿地蹲在牛栏里做牛吗！

豆丁从妈妈那里得知舅妈和一些村民生病的情况后，跟孙悟空一商量，估计是白骨精在作怪了，于是提着铁锹直奔舅舅家而去，准备除妖。

刚到舅舅家门口，豆丁就听见屋里传来莫半仙装神弄鬼的驱邪声音。莫半仙正在屋里给豆丁的舅妈"施法"驱邪！豆丁担心莫半仙的鬼把戏不但救不了人,反而会伤害舅妈生命,于是快步冲进屋里制止。刚踏进屋内,果然看见莫半仙正将一大碗炉灰水往舅妈嘴里灌。豆丁可是领教过莫半仙害人的伎俩的!当即大喝一声:"给我住手!"

莫半仙被豆丁敲锣般的声音吓了一大跳,手里的碗"啪"的一声掉在了地上。当他看清了眼前站着的正是上次砸了他招牌的臭小子时,顿时恼羞成怒,大喊一声:"妖怪!"举起桃木剑对着豆丁就刺过来。

豆丁见莫半仙举剑向他刺过来,愣了愣,下意识地将手中铁锹往外一挡。要知道,孙悟空正在他身上,他用的可是孙悟空的力气,哪怕就这么轻轻一挡,也有万钧之重!只听见"砰"的一声,莫半仙手中的木剑即时被震得粉碎,莫半仙本人也被震得跌出了门外。

莫半仙没想到豆丁这小子竟然有这么大的力气!惊恐之余,狼狈地从地上爬了起来,一边拍着屁股上的尘土,一边指着豆丁骂道:"臭小子,误了捉妖的事,救不了人,你要负全部责任!"说着就钻进人群里逃得无影无踪了。

豆丁惊愕地看了看自己的双臂,他也被自己的神力吓了一跳!但救人要紧,他也无暇多想了,赶紧上前查看舅妈的情况,果然发现她满身的妖气。

"是白骨精所为吧?!"豆丁问孙悟空。

"没错!正是那妖孽!"孙悟空肯定地说。

"那我们该怎么做呢?"豆丁迫不及待地问。

"我们先查看一下其他患者的情况再下定论吧!"孙悟空说。

豆丁于是带着孙悟空在村里转了一遍,逐一查看了患者。全村共有二十四人得病,病情大致相同。

"没想到竟然有这么多人中招!"豆丁说。

"是呀！这些人都是被白骨精汲取元神所致！看来白骨精是在与我们抢时间！"孙悟空说，"汲取这么多人的元神，它的功力已经有了很大的提升了！我们得赶紧采取行动，及早将它降了！否则后患无穷！"

"有道理！"豆丁点点头说，顿了顿，担心地问："这些人还能救得回来吗？"

"只要把白骨精降了，这些人的元神自然就回到他们身上了。"孙悟空说。

"既然这样，我们就赶紧行动吧！"豆丁紧捏着手中铁锹，一副跃跃欲试的样子。

"按推测，白骨精的修炼已到了关键时刻，它必须每天晚上出来汲取新的元神，否则就会前功尽弃，因此，只要我们晚上在这里埋伏守候，肯定就能碰见它。"孙悟空说。

"好吧！就按你说的做吧！"豆丁说，"我们应该在哪个位置蹲守比较合适呢？"

"在高空吧！那里可以俯瞰全村，洞察全村动静！"孙悟空说。

"你在忽悠我呀？！我能到空中去吗？！"豆丁说。

"哎呀！你去把哪吒的风火轮借来不就行了吗？！"孙悟空说，

"借用哪吒的风火轮？"豆丁挠了挠后脑勺，恍然大悟道："我怎么就没想到呢？！"

"踩上哪吒的风火轮，你就可以站在半空中监视整个村庄，一旦白骨精出现，你第一时间就能发现并把它抓住了！"孙悟空说。

"你是说让我去抓白骨精？"豆丁指着自己的鼻子说，简直太不可思议！

"除了你还能是谁？！"孙悟空笑着说。

"我怎么打得过那白骨精？！"豆丁挠着耳朵，连连摇头说。

“怎么就不明白呢?！虽说是你，但实际上是我！”孙悟空说，“正如刚才你对付莫半仙一样，用的是我的力气！”

“怪不得！我还纳闷我怎么一下子变得这么有力气呢！”豆丁挠挠脑袋说，“既然有你相助，为什么还要向哪吒借风火轮呢?你直接让我飞起来不就可以了吗?”

“哎呀！就连当年的唐僧也是自己一步步走到西天的呀！也是没办法飞起来的呀！”孙悟空说，“除非借助我们仙界的交通工具，否则我们是无法让你们凡人飞起来的！”

“仙界的交通工具?”豆丁瞪着眼睛，一副茫然的表情！

“对！诸如哪吒的风火轮就是我们仙界的交通工具！”孙悟空说。

“你呢?你的交通工具是什么?”豆丁调皮地问。

“我?我还用得着交通工具吗?！”孙悟空反问道。

“为什么?”豆丁追问道。

“我一个跟斗就已经十万八千里了，哪里去不了呢?！还需要什么交通工具?！”孙悟空不耐烦地说。

“哦！我明白了！”豆丁似懂非懂地点点头，笑了笑说。

“明白就好，赶紧去借风火轮吧！”孙悟空说。

“好！我这就去！”豆丁说。

“不过你先不要告诉他，我们对付的是白骨精！”孙悟空叮嘱道。

“为什么?”豆丁不解地问。

“哎呀！你这么爱问为什么！干吗不去看《十万个为什么》呢?！”孙悟空急得挠了挠腮帮子道，“叫你做，你照做就得了呗！”

“问一问都不行！”豆丁噘着嘴，嘀咕道。

“神都知道，打白骨精是俺老孙的强项，曾经一天把她打死了三次！如今居然要为此事去求别人，你说我这张老脸往哪里搁？！"孙悟空还是忍不住向豆丁吐露了心结。

"原来是这样！"豆丁会意地点了点头。

当天夜里，豆丁打开葫芦盖，喊出了哪吒，跟他说明了缘由，向他借用风火轮。

哪吒一听说豆丁他们要捉妖怪，哎哟！那股兴奋劲儿，就好比大黑狗发现了野兔似的，二话没说就把风火轮借给了豆丁。

"真想出去和你们一道玩玩，练练手！"哪吒说。

"那就来呗！"豆丁说。

"不行呀！近来内审部门查岗查得严，哪敢擅离岗位呀？！"哪吒无奈地说。

"那就太可惜了！"豆丁说。

"没关系！有什么需要帮忙的，尽管开口好了！"哪吒说。

"好！"豆丁摆了个OK的手势，说。

踩风火轮豆丁是有经验的！只见他轻轻一跳，就稳稳地踏在了风火轮上，再一使劲儿，风火轮就箭一般载着他直冲上了云霄！

在空中，豆丁躲在云层后面，目不转睛地监视着村里和周边的动静。

二十三

夜幕下，繁星点点，掩映在山峦林木之间的村舍，显得格外的宁静、安谧，要不是白天亲眼所见，豆丁说什么也不敢相信，脚下这片美丽的村庄正在受到白骨精的滋扰祸害！

大概夜半时分，就在豆丁感觉到有点疲惫的时候，只见一团白

葫芦记

⊙ 豆丁踩着哪吒的风火轮，箭一样飞上了空中。

色烟雾从西北山坳幽灵般地冒了出来。

"注意! 来了!"孙悟空的火眼金睛首先看见了那团烟雾,提醒道。

"来了? 在哪?"听说白骨精来了,豆丁的疲倦一扫而空,精神抖擞地问。

"看见了吗? 西北角!"孙悟空示意道。

豆丁睁大眼睛往西北角望去,果然看见一团白色烟雾,"终于来了!"豆丁既紧张又兴奋,端着铁锹就要往下冲,却被孙悟空制止了。

"慢着,"孙悟空说,"等它进了村庄后再动手!"

说话间,只见那团白烟像蚂蟥一样向村庄方向滑来。到了村里后,哪里不去,偏偏一古脑儿钻进了豆丁舅舅的家里。豆丁一看,感觉形势不妙,大喊一声"那还得了!"踩着风火轮箭一般冲了下去。

媳妇一病不起,不知是死是活,豆丁的舅舅此时正长吁短叹、唉声叹气,突然一股白烟从窗口飘了进来,没等他反应过来,那白烟就"嗖"的一声从他的鼻孔钻进了他的脑髓里了。

豆丁冲进舅舅家,迎面看见舅舅像一根木柱似的,一动不动地立在屋中间,知道白骨精已经上了舅舅的身体了!

白骨精也看见了杀气腾腾的豆丁,知道来者不善,于是先下手为强,操控着豆丁舅舅的躯体,张牙舞爪地向豆丁扑过来。由于先前已经汲取了多人的元神,白骨精的功力有了很大的提升! 它操控着豆丁舅舅的身体,抓起门后的一条扁担,劈头盖脸地朝豆丁打来!

豆丁见舅舅要打自己,知道那是白骨精在作怪,一时竟不知如何应对! 眼看扁担就要打过来了,豆丁头一歪,躲了过去! 由于怕伤害到舅舅,豆丁并不敢还手! 谁知他越是不还手,他舅舅打得就越狠,简直招招致命。

豆丁只好一边躲闪"舅舅"的进攻，一边往门外退。村民被打斗声惊动，纷纷从家里跑出来看个究竟。他们看到豆丁竟然和自己的舅舅动起了手，都感到莫名其妙。

　　这时，混在人群中看热闹的莫半仙却趁机起哄道："你们看，豆丁这小子连自己的舅舅都敢打，肯定是中了邪了！"

　　村民一听，信以为真，纷纷捡起石块砸向豆丁。豆丁被迫跳出圈外，踩着风火轮飞上了天空。

　　站在云端，豆丁一脸无奈地对孙悟空说："那白骨精附在我舅舅身上，我不敢打呀！打它就是打舅舅呀！这可怎么办呢？！"

　　"没想到这个白骨精再次轮回依然这么狡猾！"孙悟空挠着腮帮子说。突然，他眼前一亮，一拍大腿，说："有了！"

　　"你想到对付白骨精的办法了？"豆丁问。

　　"是的！只不过又得向哪吒借件宝贝用用才行！"孙悟空说。

　　"什么宝贝？"豆丁迫不及待地问。

　　"借他的混天绫！"孙悟空说。

　　"借混天绫？"豆丁若有所思地重复道。

　　"是的！那毛孩的混天绫其实就是绑妖带，用它可以绑住白骨精！"孙悟空说。

　　"你早说嘛！"豆丁当即打开葫芦盖，把哪吒喊了出来。

　　"怎么，妖怪抓到了没有？"听见喊声，哪吒立马探出头来，期待地问。自从豆丁借了他的风火轮去抓妖怪后，他一直在葫芦口心急地等候着结果。

　　"还没有！看来还得向你借件宝贝用用。"豆丁说。

　　"说！借什么？"哪吒爽快地说。

　　"想借你那条混天绫用用，行吗？"豆丁挠着脑袋说，生怕哪吒不同意似的。

　　"没问题！"说着，哪吒从腰间解下混天绫抛给豆丁。豆丁一把接过带子，说声谢谢，飞一般又冲了下去。

　　白骨精汲取豆丁舅舅的元神之后，正要找新的目标，一眼看见前面人群中身穿道袍的莫半仙，心想："这不是整天装神弄鬼要驱赶我的那个人吗? 好, 现在就让你尝尝我的厉害!"于是, 白骨精扔下豆丁的舅舅, 一溜烟地钻进了莫半仙的鼻孔里, 顺着他的气息直入脑髓。

　　莫半仙本来刚从家里取了一把备用的桃木剑回到现场, 手舞足蹈地嚷嚷着捉鬼, 突然感觉脑髓一阵冰凉, 紧接着两眼一白, 随即失去了神志。

　　豆丁从云端冲了下来, 还没来得及站稳, 白骨精就已发现他了, 操纵着莫半仙的身体, 挥动着桃木剑向他砍杀过来。

　　孙悟空一看, 连忙喊道："注意, 白骨精已上了莫半仙的身体了!"

　　"看到了!"豆丁从容地说。只见他一边用铁锹架住莫半仙砍来的桃木剑, 一边掏出哪吒的混天绫向对方甩了过去。

　　白骨精一看, 知道那宝物的厉害, 慌忙化作一团白烟, 从莫半仙的耳朵眼里溜了出来。豆丁眼明手快, 举起铁锹对着那团白烟狠狠地砸下去。白骨精惨叫一声, 逃进了猪圈, 藏在了一头母猪身上。但它又怎能逃得过孙悟空的火眼金睛呢? 孙悟空指引着豆丁, 追进了猪圈。白骨精见豆丁追来, 连忙离开了母猪的身体, 从猪圈的排粪口溜了出去。

　　猪圈外的鱼塘边上, 一条水蛇正聚精会神地等待着猎物小鱼的出现, 谁知鱼儿没有出现, 反倒和白骨精撞了个正着, 被白骨精不容分说地占据了身体。随着"噗通"一声, 白骨精拖着水蛇的身躯潜入了鱼塘。白骨精藏在鱼塘底下的淤泥里, 心想这下可安全了! 但, 它怎么也没想到, 它的一举一动被岸边柳树上的蝉看得清清楚楚。

　　一路追过来的豆丁, 突然找不到白骨精, 急得满头大汗, 正欲到别处去找寻, 突然听见树上的蝉说："鱼塘里! 鱼塘里! 水蛇!

水蛇!"

豆丁一听,马上明白了蝉的意思,向蝉儿挥了挥手表示谢意,掏出混天绫向鱼塘一甩:"去!"混天绫像一条巨大的神鞭劈向鱼塘,把鱼塘的水分成两边。豆丁凭着孙悟空的火眼金睛,不费吹灰之力就发现了藏在淤泥里的水蛇。豆丁踩着风火轮冲上去,对着水蛇举起铁锹就打。白骨精一看,"不得了!"撇开水蛇,蹿上岸来,夺路而逃。

豆丁哪肯罢休,在后面紧追不舍。

白骨精被追赶得走投无路,又急又恨,最后把心一横,一头钻进牛栏,附在一头水牛身上,发疯似的向豆丁撞来。

豆丁和孙悟空都毫无防备,躲闪不及,被撞得跌倒在地,四脚朝天。白骨精趁机撇开水牛,向西山逃去。

豆丁从地上爬起来,拍拍屁股上的泥土,咬咬牙,身子一挺,踩着两个风火轮,箭一般向白骨精逃跑的方向追去。

有孙悟空的火眼金睛做导航,加上哪吒的神器风火轮,豆丁很快就发现并追上了白骨精。豆丁扬起手中的混天绫对着白骨精就要套过去。却被孙悟空制止了。

"且慢!咱们就跟着它,找到它的藏身处,将它一窝端!"孙悟空说。

"又一窝端?!上次也是想一窝端,结果被它逃了!这次还要一窝端?!"豆丁质疑道。

"上次跟这次怎么能比呢?!"孙悟空说,"上次你就一把破铁锹!这次有三太子的两件宝贝!武器装备有着天壤之别,它是插上翅膀也逃不掉了!"

豆丁觉得有理,于是远远地尾随着,与白骨精保持着一定的距离。

由于受了惊吓,白骨精也顾不上有没有被跟踪了,失魂落魄,慌不择路地逃命,最后来到一个阴暗潮湿的山洞前,头也不回就钻了进去。

"就在这里了!"孙悟空说,"我们要将它连同巢穴一并毁掉,以绝后患!"

"好!"豆丁应道,猫着腰,跟着进了山洞。

洞里黑漆漆一片,豆丁什么也看不见。孙悟空于是用手在他的眼睛上摸了摸,豆丁这才看清了洞里的情况。

洞内非常潮湿,到处都渗着水;洞壁、地上长满了厚厚的青苔;岩石的缝隙里时不时传出蜈蚣、毒蛇吱吱的打闹声和蹿动声。洞很深,时宽时窄。豆丁小心翼翼地摸索着拐了一个又一个弯,最后来到了一个宽敞的石室里。石室四面平滑,一看就知道是经过人工修葺的。在石室的中央,端端正正地摆着一副棺材。白骨精飘到棺木上,化作一团青光钻了进去。

豆丁踩着风火轮,快步来到棺材前,举起手中的铁锹就往棺材里插。就在这时,棺材的盖子突然"轰"的一声飞了出去,一个披头散发的女子从棺材里爬了出来。豆丁毫无心理防备,被吓得一连倒退了几步,差点摔倒。

那女子一手抚着肚子,一手拿着一把镰刀,指着豆丁骂道:"多管闲事的臭小子,老娘我今天跟你拼了!"说着举起镰刀向豆丁砍来。

豆丁定睛一看,这才发现,原来对方是个孕妇,一时竟手忙脚乱,不知如何应对。把孙悟空急得大声喊道:"它不是人!它是白骨精变成的,赶紧制服它!"

豆丁仍然下不了手,待在原地,一动不动。眼看那女子的镰刀就要砍下来了,孙悟空连忙将豆丁撂倒,躲过了女子砍来的镰刀。

豆丁摔了一跤,醒悟了过来,举起铁锹架住了女子再次砍来的镰刀,说道:"你这妖怪,为何要到处害人?"

"我这样做只是想把我的孩子生下来而已!难道有错吗?"女子理直气壮地说。

"为了生你的孩子,却害了这么多人,你觉得这样做公平吗?你不觉得自己很自私吗?"豆丁反问道。

"自私?能有你们人类自私吗?!你们人类为了自身生存,随便杀戮,到处破坏!难道这就不自私吗?"女子说。

"你的行为已经触犯天条了,难道你不懂吗?"孙悟空说。

"我不管,只要能把孩子生下来,什么惩罚我都不怕!"女子一副义无反顾的样子说。

"究竟是什么冤屈让你竟敢如此胆大妄为呢?"孙悟空追问道。

"在我怀胎差不多要生产的时候,被那些可恶的猎人设置的陷阱害死了!你说,我能死得瞑目吗?!"女人愤愤不平地哭诉道。

"唉,生死自有天命,你又何苦逆天而为呢?"孙悟空叹了口气说。

"什么叫天命?!我这都是被他们人类的自私害的!生前他们猎杀了我,害死了我的儿女,现在我就要报仇!利用他们的元神来抚育我的孩子!不过,眼看就要成功的时候,却被你们搞黄了!你们真是狗拿耗子多管闲事!你们太可恶了!我要跟你们拼了!"说着,女子又举着镰刀砍过来。

"赶紧用哪吒的混天绫绑住它!"孙悟空对豆丁说。

豆丁一听,幡然醒悟,慌忙将带子掏出来,对着女子抛去。混天绫像有生命似的,把女子捆绑得严严实实的。女子被绑住了,虽动弹不得,但依然对着豆丁和孙悟空破口大骂。

"怎么处置它?"豆丁问孙悟空。

"善哉!善哉!万物皆因造化!"孙悟空双手合十道,"将它收入葫芦,交给哪吒吧!由哪吒按规定把它送到地府去候审!"

"好的!"豆丁答应一声,将混天绫轻轻一抽,把那女子的魂魄拉了过来。

⊙ 白骨精又举着镰刀砍过来。

魂魄一被抽离,那女子立即应声倒地,变成了一堆麂子的白骨。

"原来这个白骨精生前是一只麂子!"豆丁对着那堆白骨,不无惋惜地说。

"是呀!这就是你们人类和动物之间的恩怨!"孙悟空说。

孙悟空施展法术,将那堆麂子白骨移回到棺材里,盖好盖子,口中念道:"阿弥陀佛!请安息吧!"然后叫豆丁打开葫芦盖,将麂子的魂魄交给了哪吒处置。

"现在我们赶紧回去救那些被汲取元神的村民吧!"孙悟空说。

"好的!只是该如何救呢?"豆丁忧心地问。

"放心!回去后我自有办法!"孙悟空安慰道。

二十四

豆丁刚踏进村庄,脚还没站稳,就已被村民围得水泄不通了。村民们虽然不知道具体的内情,但豆丁刚才与妖怪的打斗他们都看到了。他们知道,豆丁才是真正的捉妖者。

"哎呀!真是没想到,小小年纪竟然有这等本事!"村民一边为刚才的误会表示歉意,一边对着豆丁竖起了大拇指,但大家最迫切想知道的,还是妖怪的事情:"那妖怪抓到了吗?"大家问。

"放心吧!已经除掉了!"豆丁说。

村民一听,齐声欢呼!冲上前去,合力把豆丁高高地举了起来。

"放我下来! 快放我下来! 我还要去救人呢! "豆丁大声叫村民把他放下来, 直奔舅舅家而来, 村民像潮水一样簇拥在后面。

舅舅和舅妈依然呆呆地坐在床上, 像傻子一样, 木然地看着对面的墙。

豆丁快步上前, 抓着舅舅的手, 一边使劲地摇晃, 一边大声喊: "舅舅, 醒一醒! "但不管他怎么晃、怎么喊, 舅舅始终一点反应都没有。这可把豆丁给急坏了!

"大圣, 你快救救大家呀! "豆丁对孙悟空哀求道。

"别急! 别急! "孙悟空不慌不忙地说, "你先去叫大家弄一百只公鸡来。"

"一百只公鸡? 要这么多公鸡干什么? "豆丁问。

"哎呀! 又来问为什么! 没时间跟你解释了, 叫你去弄你就赶紧去弄吧! "孙悟空不耐烦地说。

豆丁于是也不再多问了, 跑到门口, 叫那些围观的村民赶紧去找公鸡。村民听说能把病人治好, 二话没说, 立马分头去找公鸡。不一会儿, 大大小小一百只公鸡就凑齐了。

"现在又该怎么做? "豆丁问孙悟空。

"叫大家把那些被汲取元神的病人通通带过来, 围着这些公鸡坐好。"孙悟空说。

豆丁答应一声, 又去布置了。

在村民们的协助下, 豆丁把那一百只公鸡放在村里晒谷场上, 让他舅舅等二十多个被汲取元神的村民围着公鸡坐好。

"现在呢? 现在又做什么? "安排妥当后, 豆丁又急着问道。

"现在你打开葫芦盖, 叫哪吒去请昴日星官来一趟。"孙悟空说。

豆丁照孙悟空的吩咐, 打开葫芦盖, 把孙悟空要请昴日星官的事跟哪吒说了。哪吒知道要救人, 也不多问, 转身就去找昴日星官。

昴日星官听说孙大圣有事找他，哪敢怠慢？立即屁颠屁颠地跟着哪吒过来了。

孙悟空早已在葫芦口等候，看见昴日星官，远远就招呼道："星官好呀！"

"大圣好！大圣好！"昴日星官连忙拱手还礼道，"不知大圣找下官来有何吩咐？"

"也没啥大事，"孙悟空笑着说，"人界有几个人被一只冤死的麂子吸走了元神，现在麂子精已被收服了，但那些人的元神却还没能归位，所以请你来领你的孩儿们广播一下，把他们的元神喊回来，救他们一命，不知星官愿意否？"

"乐意至极！乐意至极！"昴日星官豪爽地笑着说，"正所谓救人一命胜造七级浮屠，更何况是大圣您的意思！"

"那就有劳你啦！"孙悟空高兴地说，"回头我请你到花果山去游玩！吃吃农家菜！"

"不客气！不客气！"昴日星官拱拱手说，"只是不知道怎样个做法？"

"是这样的，"孙悟空说，"这些人的元神原本是被麂子精给吸走了，现在麂子精已经被收服，元神自然就释放了出来，但这些元神现在还处于一种梦游的状态，所以必须要将他们唤醒，他们才会回到自己主人的身上，而且必须在天亮前将他们唤醒，否则天亮后太阳出来一照，这些人的元神可就会烟消云散了，到时，这些人就再也救不回了！"

"我能将他们的元神叫醒吗？"星官问。

"能！"孙悟空说，"这些人的元神处于一种梦态，一到天亮自然就会醒，所以要给他们制造一种天亮的假象，让他们以为天亮了，乖乖地回到主人的身上。"

"哦！我明白了，"昴日星官说，"你是想我们制造天亮的假象，让他们清醒过来，回到主人身上！"

"太对了！怪不得属鸡的人都这么聪明，原来是有你这样一位聪明的老祖！"孙悟空夸奖道。

"大圣真会开玩笑！"星官说，再摇摇头，苦笑道："我们制造天亮的假象是要救人类，但人类制造天亮的假象却是要让我们多下蛋！"

"星官此话何意？"孙悟空不解地问。

"前些日子听一些小的们汇报说，凡间有些不良商人，利用灯光制造白天的假象，来骗我们的鸡姑娘多下蛋。我们的鸡姑娘单纯，还真上当了！原本是一天下一个蛋，现在是他们一开灯鸡姑娘就下蛋，一天下几个蛋，把屁股都下肿了！"星官说。

"多下蛋有什么不好？造福人类嘛！"孙悟空笑着说。

"这么超负荷下蛋是会死鸡的！"星官认真地说。

"好了好了！你们鸡和人的恩怨回头自己算去，现在赶紧把眼下的事办了吧！"孙悟空催促道，"可不能因为那样的事，就不救人了呀！"

"那怎么会？！"星官微笑着说，"救人可是我们的天职呀！"说着，星官扫视了一遍那些公鸡，挑了一只浑身披着金黄羽毛的帅鸡，附了上去。昂日星官像刚穿上新衣似的，左右转了两圈，满意地对着孙悟空竖了竖大拇指。

孙悟空也赞赏地对着星官竖起了大拇指。

星官甩了甩脑袋，伸长脖子"喔——喔！"地叫了两声。其他公鸡听见有同伴在叫，以为是天亮了，个个争先恐后地引吭高歌！顿时百鸡争鸣，鸡声在山间回荡，久久不能平息。

那些游荡在山野的元神，被洪水般的鸡啼声吵醒，恍然大悟，纷纷择路赶回村里，回到了各自的身躯上。

见那些被吸去了元神的人一个个苏醒了过来，恢复了正常，豆丁欣慰地舒了长长一口气。亲人们安然无恙了，村民们也都个个转忧为喜，又把豆丁高高地举了起来。

葫芦记

⊙ 星官甩了甩脑袋，伸长脖子"喔——喔！"地叫了两声。

当大家都沉浸在欢乐之中时，却有一个人躲在阴暗处，咬牙切齿地怒视着豆丁，这个人就是莫半仙。豆丁的出现，不仅抢尽了本该属于他莫半仙的风头，更是砸了他半仙的招牌，使他名声扫地，你说，他能不痛恨豆丁吗？！但让莫半仙百思不得其解的是，他豆丁，一个乳臭未干的毛孩，究竟是哪来的造化，有如此神通，能通天地、驱鬼神。莫半仙对豆丁既痛恨又好奇，一直密切地观察着豆丁的一举一动，希望能发现其中的秘密。最后，他发现了豆丁别在腰间的那个葫芦。"秘密就在那个葫芦里！"莫半仙心想，暗下决心，一定要弄清楚那葫芦的名堂。莫半仙这种由妒忌到好奇，再由好奇到妒忌的心理，使他最终走上了邪道，并且险些酿成灾难，不过这是后话了。

经过这次驱妖事件，大家再次认识到，莫半仙是一个彻头彻尾的骗子！这么多年来他一直在欺骗大家，愤怒的村民们撤销了莫半仙的村长职务，将他赶出了村庄。

二十五

孙悟空在人界协助捉妖一事，惊动了天庭，被责令即日返回天界。玉帝对孙悟空私自下凡一事非常恼怒，要严惩他。哪吒作为守护天门的责任人，没有看好天门，属玩忽职守，也要一并受罚。最后是观音菩萨向玉帝道出了实情，替他们解了围。

菩萨说，这一切都是她有意安排的！她近日复查资料时，发现孙悟空陪同唐三藏西天取经路上，在凡间降服的妖怪数目居然还差一个才达到预设的指标，也就是说，孙悟空当年并没有完成量化指标! 因此就制造了这么一个因果, 让孙悟空下凡间去, 把不够的指标给补上。至于整件事的实情, 事先只有她和孙悟空两人知道。

其实, 孙悟空已是一方圣佛了, 他爱去哪就去哪儿, 玉帝并不想多管。让玉帝感觉不爽的, 并不是他的出境, 而是孙悟空没有把他这个玉帝放在眼里, 这让玉帝很受伤, 下不了台, 说要惩治他, 纯粹是为了面子。但, 玉帝更担心的是, 对孙悟空的惩治会激起他的剧烈反应, 弄不好, 那猴头撒起泼来又要大闹天宫, 那就麻烦大了! 以前, 他只是一个凡猴, 就已经打遍天庭无敌手了, 最后不得不请出精神领袖如来佛才把他摆平! 现在他已是佛了, 闹起来就不是偷吃几个蟠桃、砸烂几件家具那么简单了, 把他从玉帝宝座上赶下来也并不是危言耸听的事! 要知道, 他这个帝位当初也是仅凭姜子牙一句 "此张有人坐" 的口误耍赖得来的, 可谓名不正言不顺! 这么多年, 有多少人不服, 他张有人 (传说玉帝名字为张友仁) 是心知肚明的!

正在两难之际, 还是菩萨好, 及时出来替他解围, 给了他台阶下, 于是玉帝就来了个顺水推舟! 但孙悟空私自下凡一事触犯天规是白纸黑字的事实, 所以不得不罚! 最后孙悟空和哪吒被罚了一个月的俸禄。在经济不景气的当下, 被罚一个月的俸禄, 也够他们两个难受的了!

孙悟空在离开人界之前, 告诉豆丁一个秘密, 说回去后他要干一件大事, 要把花果山开发成一个大型的综合性旅游景区, 成立一个花果山旅游开发有限公司, 对外营业, 搞活经济。孙悟空说他的这一想法一直就有, 只是一来不知如何着手, 二来担心盈亏问题, 所以迟迟没有实施。此次人界之行, 看到人界兴旺的旅游产业, 使他大受鼓舞和启发, 下定决心, 回去立马开发项目! 孙悟空还说, 公司成立那天要大肆庆贺一番, 请各界朋友、出席剪彩活动, 到时也要邀请豆丁过去。

"能透露一下，你的朋友和神仙都有哪些人吗？"豆丁好奇地问。

"很多是天庭上的官员，当然也有一些天庭江湖朋友。"孙悟空说。

"猪八戒、唐僧、沙和尚也都会来吗？"豆丁紧紧盯着孙悟空，充满了期待。

"那是必须的！"孙悟空说。

"哎呀！终于可以亲眼看到他们的尊容了！"豆丁一拍大腿，兴奋地说。

豆丁于是热切地盼望着那一天的到来。

等待是最为熬人的！这期间，豆丁隔三岔五就去向哪吒打听孙悟空开发花果山的事，还多次让哪吒带他去现场查看。但现场安保工作做得非常严密，几百只身穿黑色T恤、佩戴墨镜的高大威猛的保安猴把整个施工现场守得密不透风，任何人都不得入内。他们说上面有令，在花果山改造完工前，谢绝一切参观、来访。

豆丁很不解，问："为什么就不能让我们进去参观一下，一睹为快呢？"

"这你就不懂了！"哪吒说，"这叫炒作！事前越是神秘，大家就越是好奇，就越是有吸引力，建成后大家才会来看、来玩、来消费！"

"没想到堂堂大圣也要起这把戏来！"豆丁无奈地摇头叹息道。

"其实这也怪不得他，"哪吒说，"天上人间，炒作是必要的手段和环节！"

就这样，豆丁等呀等，终于等来了好消息！

这天，孙悟空托哪吒给豆丁捎了个话，说花果山旅游区已改造完工，正式开张对外营业，邀请他去参加开张庆典。

接到消息后，豆丁兴奋得都要跳起来了！想到马上就可以和那些仰慕已久的神仙近距离接触,豆丁更是迫不及待,恨不能立马就飞到花果山!

哪吒使了分身术,一半留守天门,一半陪同豆丁去出席庆典。还没到花果山,远远就看见猴总管领着一群猴司仪在花果山的入口处迎候到访的嘉宾。

由于上次已经有过交集,所以一看见哪吒和豆丁,猴总管立即快步上前迎接,热情地拉着豆丁的手说:"豆丁使者来了!大圣交待过,一定要好好招待使者!"猴总管边说边取来一套猴衣,"请豆丁使者更衣。"

"为什么要换衣服呀?"豆丁接过猴衣,不解地问。

"凡界的人是不能来这个地方的,穿上猴衣,目的是掩仙耳目。"猴总管说。

"不是说我已经是葫芦使者了,可以自由跨界了吗?!"豆丁扭头看着哪吒问。

"当做信使,在葫芦口传递一下信息完全没问题,但进入这么深入的地方,按规定是需要特别通行证的,为避免不必要的麻烦,还是穿上吧!"哪吒挠了挠脸颊说。经历了上次私自放孙悟空出仙界,被罚了一个月的俸禄后,哪吒做事谨慎多了!

"哦!好吧!"豆丁穿上了猴衣,跟着猴总管和哪吒进了花果山。他们来到水帘洞前的大广场上,庆典就在这里举行。

广场上摆放着许多石雕桌子,石桌上摆满了各式果品、美酒;在正对水帘洞的洞口处整齐地摆着一排铺了红绸布的长桌,那是主席台;主席台的正上方挂着一条横幅,写着"花果山旅游开发有限公司开业大典"。一群猴子在水帘洞的瀑布里跳来跳去,正在表演以取悦来宾。想当年,面对这飞流直下的瀑布,众猴却步,唯有孙悟空艺高猴胆大,敢为众猴之所不敢,纵身飞穿水帘,成了第一个吃螃蟹的猴。没想到这个使孙悟空当年一跳成名的壮举,如今却成了小猴表演取悦来宾的小把戏。唉!同样是这么一跳,时机很重要, 顺序很重要呀!

广场上已聚集了许多早来的宾客, 他们兴致勃勃地彼此寒暄问候。

孙悟空穿梭在客人当中, 热情地一边招呼客人, 一边接受大家的祝贺。

哪吒牵着豆丁的手, 径直朝孙悟空走去。忙得不可开交的孙悟空, 一抬头, 看见迎面而来的豆丁和哪吒, 连忙撇下其他客人, 挥动着猴臂, 快步跑了过来, 紧紧地握着豆丁的手, 热情地连声道: "欢迎! 欢迎! "

见孙悟空与豆丁这么亲热, 哪吒做了个鬼脸, 独自走到放果品的桌子旁, 毫不客气地拿起果品就吃。这时, 一个身穿素衣的半老徐娘轻盈地来到哪吒身边, 摸着哪吒头上的发髻, 嗲声嗲气地说: "哎哟! 这不是三太子吗? 怎么这么孤独, 一个人在这吃闷果呀? "

哪吒抬头一看, 原来是嫦娥, 慌忙站起来拱手行礼道: "不知嫦娥阿姨在此, 多有失礼, 请见谅! "

那徐娘先是一愣, 随即满脸堆着尴尬的笑说: "哪里话! 哪里话! "心想, 这孩子真不懂事, 姐姐都不叫, 叫阿姨, 难道我看上去真的老了吗? 边说边举着手掌轻轻甩了甩: "慢用! "转身向孙悟空走来。

孙悟空与豆丁聊得正欢, 全然没觉察到她的到来。于是嫦娥用兰花手轻轻地点了一下孙悟空的肩膀, 依旧嗲声嗲气道: "哎哟! 大圣爷! 圣佛! 这是你的入门弟子呢还是你乡下来的亲戚呀? 聊得这么亲切! "

孙悟空转身一看, 见是嫦娥, 连忙笑着说: "噢, 是嫦娥妹妹呀! 不好意思, 招呼不到! "

"哎呀! 又不是外人, 大圣爷何必说这客气话呢? "嫦娥笑道, 心想, 还是这猴子会说话, 喊我妹!

"那是! 那是! "孙悟空说, "请好妹妹随便参观, 吃点特产水果! 我就不招呼了! "说完,抓着豆丁的手继续唠嗑。

"不客气! 我自己会照顾自己! "嫦娥笑着说,但依然没放过豆丁,问: "这孩子究竟是谁呀? "

"哦,是我的朋友! "孙悟空说。

嫦娥把豆丁上下打量了一番,脸上一直挂着古怪的笑。豆丁听说眼前站着的就是嫦娥,真是又惊又喜,禁不住偷偷地多看了她几眼,心想: 长得真好看。

"还不赶紧拿本子来叫嫦娥阿姨给你签个名。"一旁的哪吒对豆丁说。

"是哦! 可惜我忘记带本子了。"豆丁摸摸身上,惋惜地说。

"没关系! 签在你衣服上也行! "嫦娥说。

"哦! 那太好了! "豆丁说,连忙撩起衣角让嫦娥签名。嫦娥拿起签到簿旁的笔,哗哗地在豆丁的衣服上写下"广寒仙子嫦娥"几个字。写完后,满意地看了看,咂了一下嘴巴,问豆丁: "喜欢吗? "

豆丁受宠若惊,连声说: "喜欢! 喜欢! "

一旁的孙悟空看了,拍了拍豆丁的肩膀,说: "回去好好珍藏! "然后对哪吒说: "哪吒兄弟,豆丁兄弟就交给你了,你一定要替我照顾好他呀! "

"行了! 放心吧! "哪吒边吃着提子边说, "你忙你的吧,豆丁的事你就甭操心了! "

"那就不好意思了,豆丁,你先随哪吒周围走走,待我忙完了回头再来陪你。"孙悟空说。

"没事,你忙吧! "豆丁说。

哪吒吃完了手里的提子,在身上擦了擦手,牵着豆丁说: "走,我带你周围走走,认识认识众仙。"

"好的! "豆丁兴奋地跟着哪吒去了。没走几步,哪吒突然指着广场的入口处说: "看,猪八戒他们来了。"

"猪八戒? 来了? "豆丁期待地顺着哪吒手指的方向望去。

二十六

从广场的入口处走来了四个人，其中三个豆丁一眼就认出了是唐三藏、沙和尚和小白龙，一起的还有一个英俊的中年男子，但却偏偏看不到他最想见的猪八戒。

"你不是说猪八戒来了吗，在哪呢？"豆丁有点失望，问。

"站在唐三藏和沙和尚之间的那个就是猪八戒呀！"哪吒说。

"那个帅哥就是猪八戒？！"豆丁瞟了哪吒一眼，说，"你当我是傻瓜呀？！"

正说话间，唐三藏四人已来到跟前。哪吒上前一步，对着他们行礼道："功德佛、猪使者、沙罗汉、八部天龙，小弟向你们问好了！"

唐三藏连忙带头还礼道："天尊客气了，贫僧见过天尊！"然后转身对着豆丁双手合十道："不知小施主如何称呼？"

豆丁受宠若惊，手忙脚乱，一时竟不知如何回答，幸亏一旁的哪吒及时解围，向唐三藏他们介绍道："这是豆丁。"然后将脸贴近唐三藏的耳朵，神秘地说："他是大圣人界来的好朋友！也是你的老乡呀！"

唐三藏一听，连忙鞠躬行礼道，"原来是家乡来的小客人，善哉！善哉！"

"真是老乡见老乡，两眼泪汪汪啊！"一旁的沙和尚笑着说。

"我说是老乡见老乡，背后放一枪才对！"那个英俊的中年男子插嘴道。

“悟能，你怎么可以这样说话呢！”唐三藏对着那英俊男子说。

“嘿嘿！开玩笑，开玩笑而已！”那男子嬉皮笑脸地说。

“啊！你真的是猪八戒呀！”豆丁吃惊地看着那男子，脱口而出。

“唉，小朋友，我已经不叫猪八戒很久了，我的官职是净坛使者，我的译名是朱霸杰，艺名叫楼德华。”那男子说。

“但是我们印象中的猪八戒不是这样子的呀！”豆丁说。

“你看你看！又来了，都说不要提那个名字了！”那男子有点不悦地说，“现在已经没有‘猪八戒’了，现在只有净坛使者！”

“但，你怎么会变成这样子的？”豆丁好奇地问，“你的大嘴巴和大耳朵哪里去了？”

“嗨，真是乡下来的！”那男子说，“听说过女大十八变没有？”

“听说过！但没听说过像你这么大年纪还会变的呀！”豆丁说。

“没文化真可怕！”那男子摇摇头，正要说什么，却被沙和尚打断了。

“二师兄，不要忽悠人家小朋友了！”沙和尚说。

一旁的哪吒也拉了拉豆丁的袖子轻声说：“他去做整容了！”

声音虽小，却被那男子听见了，他对着哪吒噘了噘嘴说：“天尊，在讲我的坏话呀？！”

“哪敢！哪敢！”哪吒满脸堆笑地说。

哪吒笑了，但豆丁却吃惊不小：“啊！你去做整容了？”

“有什么大惊小怪的？！”猪八戒说，“正所谓爱美之心人皆有之！谁不想让自己看上去更像人样呢？总不能一日为猪，终生为猪吧？”

“那是！”豆丁嘴巴答应着，心里却觉得好笑。

见豆丁露出认同的表情，猪八戒缓了缓语气，说道：“你是从人界什么地方来的？”

“嘘，不要这么大声让别人听见了！”哪吒赶紧制止猪八戒道。

"怕什么? 那猴头的朋友, 谁敢管呀? "猪八戒说。

"罗浮山!"豆丁笑着答道。

"罗浮山? 嗯! 听说过! 就是那个葛洪老道卖假药发迹的地方! "猪八戒说。

"你说话能不能不要这么尖酸刻薄? !"唐僧说, "在你眼里怎么就没一个好人! "

"在我眼里师父您就是大好人! "猪八戒傻笑着挠了挠后脑勺说, 然后问豆丁: "去过高老庄没有? "

"高老庄? "豆丁先是愣了愣, 但很快就明白过来了, "没有! 你呢? 这么多年你有没有回去看望过你的前妻和老岳父? "

"没有。"猪八戒一副黯然神伤的样子说。

"为什么不回去看看呢? "豆丁说。

"唉! 早已时过境迁、物是人非了! 回去看了又有什么用呢? "猪八戒伤感地说, "况且, 当年可是他们把我赶出家门的呀! "

"唉! 天地良心呀! 人家当年可没赶你呀! "沙和尚一旁说。

"是没赶! 只是暗地里叫那猴子来抓嘛! "猪八戒一脸怨气地说。

"悟能! "一旁的唐僧见猪八戒越说越离谱, 赶紧制止。

正在这时候, 嫦娥笑眯眯地朝他们这边走了过来。唐僧首先看见, 迎了上去, 双手合十行礼道: "嫦娥仙子, 贫僧有礼了! "

嫦娥微微屈膝, 还了礼, 然后径直走到猪八戒身边, 用力拧了一下猪八戒的耳朵, 说: "哎哟, 这不是天蓬元帅吗? !都成'大帅锅'了, 简直都认不得啰! "

猪八戒冷不防被拧了一下, 痛得哇地跳起来, 扭头一看, 见是嫦娥, 立即拍拍肩膀, 冷冷地说: "想收买人命! 这么大力气! "

"有没有搞错? 轻轻捏一下就收买人命? "遭遇了猪八戒的冷淡, 嫦娥满脸尴尬, "想当年, 你为了讨好本宫, 又是学驴打滚, 又是拿头撞柱子, 不见你痛? !"

"唉！你千万别提当年！"猪八戒脸带愠色地说，"一提当年，本公子心里就窝火！要不是你当年上玉帝那儿去诬告我非礼，我会被贬下凡间？！会变成人不人、猪不猪的样子？！会遭受那么多的苦难？！"

嫦娥见猪八戒生气的样子还真有几分可爱，于是堆起笑脸，使劲地摇晃着他的手臂说："哎呀！帅哥，别生气了嘛！现在你不是好好的吗？"

猪八戒甩开嫦娥的手，退出几步，指着她严肃地斥责道："我警告你，你再拉拉扯扯我可要告你骚扰了！"

嫦娥被他说得满脸通红，狠狠地甩开猪八戒的手臂，鄙夷地说："去！真是猪眼看人低！以为整了容，削掉了嘴巴和耳朵就不是猪了！我告诉你，嘴巴变了、耳朵变了，但脑壳里的始终是猪脑！"说完，头一昂，傲然地离开了。

在一旁的沙和尚实在看不过眼，摇着头说："这就是你的不对了，师兄！人家一番好意跟你打招呼，你却如此不近人情，把人家给气跑了！"

"师弟你这话就不对了！"猪八戒转过身来说，"想当初，本帅因为多喝了两杯小酒，跟她开几句玩笑，她竟跑去玉帝那里告我，害得我官丢了，命也差点没了！现在好啦，她广寒宫里，桂树枯死了，吴刚退休了，连玉兔也老死了，她自己人老珠黄了，无所寄托了，看我年轻靓仔，就想勾引我！没那么容易！"

"是是非非就让它过去吧，出家人应慈悲为怀，忘却一切恩怨情仇，正所谓因因果果，自有天理，又何必耿耿于怀呢！"唐僧在一旁开导道。

见师父开口，猪八戒也就不再说什么了，掏出镜子，整理了一下头发，随手在身边桌上端起一杯酒一饮而尽，然后吃了两个提子，咂咂嘴，"嗯，不错！"

正当唐僧师徒四人和哪吒、豆丁他们聊着天时，广场入口处又进来了一个人，只见他身高两丈，素衣斗篷，手持三尖两刃刀，身后还跟着一只哮天犬。

"他也来了？"猪八戒远远地瞟了来者一眼，舔了舔嘴唇，喃喃地说。

二十七

来者正是当年将孙悟空生擒活捉的二郎神！

"他还有脸来？"沙和尚说。

"也不知师兄干吗还要请这样的人来？！"猪八戒也说。

"这就是你们师兄的气度，也是你们师兄高于你们的地方！"唐僧说。

"气度？跟这样的人讲气度，有这个必要吗！"猪八戒说，"老沙，你看他身边的那条疯狗，近来可能因为不用捉猴子了，看上去好像长膘了！回头把它宰了，天气凉了，正是吃狗肉煲的好时候！"

"悟能，你可别乱来呀！"唐僧制止道。

说话间，二郎神已来到了跟前，唐僧和哪吒赶紧起来行礼问候，豆丁也跟着站了起来，猪八戒和沙僧却坐着只顾吃果子，眼都不抬一下。

二郎神还了礼，拿眼睛瞟了一下猪八戒和沙僧，知道他们不喜欢自己，于是识趣地带着狗独自到旁边的桌子去了。

这时，孙悟空满脸堆笑地从水帘宫走了出来，一看到师父和师弟们，远远地伸出了手，哈哈大笑地迎了过来。

孙悟空来到唐僧跟前，握住唐僧的手，热切地说："师父，你怎么现在才来,想煞老孙了!"

沙僧正吃着果子,见了师兄,慌忙站了起来,把手搭在孙悟空的肩膀上说:"恭喜你,师兄,祝你日后生意兴隆,财源广进!"

"谢谢沙师弟!"孙悟空也抽出一只手搭在沙僧的手臂上,上下打量着对方,说,"沙师弟近来气色不错嘛!是不是有什么喜事呀?"

"哪里!"沙僧笑着说,"只是近来闲着没事,早上起来练练气功,耍耍太极,所以身体感觉比以前好了点而已。"

"我说老沙,你可真会享受生活呀!"孙悟空笑着说,转身拍了拍一旁猪八戒的头,说:"八戒,你可是越活越年轻了!"

猪八戒大口地吃着果品,头也不抬地说:"师兄,这地方经你这么一改造,还真够可以的呀!环境好了,干净卫生了不少,不像以前你做山大王的时候,满山都是猴粪、猴尿!师父,日后咱们可要常来呀!避暑、度假什么的,蛮好的!甚至日后有什么重要会议,也可以来这里开嘛!"

"欢迎欢迎!"孙悟空笑着说。

"可是免费?"猪八戒问。

"那是必须的!"孙悟空说。

"常来?免费?岂不是挣的都不够给你吃了?!"唐僧说,"如此你师兄还用做生意?"

"唉!没事!"孙悟空大方地说,"生意是对外人做的,咱们自己人不讲生意,只图开心!"

"你以为猴哥真会在乎那点小钱?!"猪八戒说,"他开发这个旅游区纯粹是贪玩,为了招呼朋友,是吗?猴哥。"

"能挣点就更好了!"孙悟空说,"我自己倒无所谓,只是这班小的们,总得给他们一口饭吃呀!"

"那是你的事情!"猪八戒说,"反正你要给我们预留四间总统套房,让我们随时可以来度假。"

"这是小事。"孙悟空说。

　　孙悟空与师父、师弟寒暄过后，正要转身与二郎神打招呼，但二郎神却早已主动来到了他的跟前。

　　"大圣，恭喜你呀！"二郎神说。

　　"谢谢！谢谢二郎真君百忙之中前来捧场！"孙悟空握着二郎神的手说，"客人多，招呼不周，还望见谅！"

　　"哪里！哪里！"二郎神说，"你招呼好别的客人吧，不用操心我了！"

　　"猴哥，这里有厕所吗？"见孙悟空和二郎神聊得这么亲热，一旁的猪八戒觉得很不是滋味，故意搅和说。

　　"哦！卫生间是吗？在那块石屏风后面。"孙悟空指着不远处的一块巨石说。

　　"哎呀！撒泡尿——先！"猪八戒边说边站了起来，懒懒散散地朝孙悟空指的方向走去。

　　绕过那块巨石，迎面有并排的两间小石屋，左边那间的门上写着"Female"，右边那间的门上写着"Male"，猪八戒看不懂英文，分不清哪边是男、哪边是女，正纳闷为难间，一只公猴从写着"Male"的那间屋里提着裤子走了出来，猪八戒猜这肯定是男厕了，于是拉了拉西装走了进去。

　　不一会儿，猪八戒吹着口哨，一脸轻松地提着裤子出来了。他边走边用沾了水的手轻轻地理了理他那头时尚的发型，一不留神被路边草丛里蹿出的一团黑乎乎的东西绊了一下，差点摔倒。猪八戒打了个趔趄，定睛一看，原来是二郎神的那只哮天犬。真是冤家路窄！猪八戒狠狠地骂道："死疯狗！"说着随手从地上捡起一块石头，使劲朝那哮天犬打去。

　　那黑狗一见猪八戒弯腰捡石头，意识到大事不妙，想赶紧逃，但为时已晚，被石头打在了后腿上。哮天犬惨叫一声，拖着伤腿，一拐一拐地跑回了主人身边。

　　二郎神正在和孙悟空聊天，突然看见自己的爱犬一拐一拐地拖着腿跑了回来，大吃一惊，连忙上前查看。只见狗的一条后腿被打得皮开肉绽，鲜血直流。二郎神真是既心痛又生气，嗖地蹦了起来，气鼓鼓地提着三尖两刃刀朝狗跑来的方向冲去。没走几步，迎面就碰见了吹着口哨的猪八戒。

"哇，干吗？有妖怪呀？"见二郎神杀气腾腾的样子，猪八戒明知故问道。

"不知使者刚才有没有看见是谁打了我的狗？"二郎神用审视的目光瞪着猪八戒问。很明显，他是在怀疑猪八戒！

"啊？你的狗被打了？打在哪里了？伤得严重不严重？"猪八戒假装吃惊的样子问。

"打在狗腿上了！"二郎神气鼓鼓地说。

"噢，原来是狗腿被打了！"猪八戒假装松了一口气的样子，说，"唉，真是打狗看主人，谁这么大胆，竟敢打你的狗腿子？！"边说边假惺惺地弯下身去要查看狗的伤势。那狗一看猪八戒弯腰，以为他又要捡石头，顿时吓得"汪"的一声，惊恐地躲到二郎神身后。

见自己的狗这般害怕猪八戒，二郎神非常肯定，打自己狗的人就是猪八戒无疑了，但由于没有证据，所以没做声，只好把怒气咽到了肚子里。他并不是怕猪八戒，他怕的是孙悟空，毕竟他们是师兄弟。

其实孙悟空早就猜到了打狗的人是谁了，所以他一直看着猪八戒，嘴角上挂着一丝不易觉察的笑，心想，这呆子，还真行哈！

正在这时候，入口处又走来了一男一女两位客人，看样子像是母子俩。

二十八

"沉香和三圣母！"哪吒眼睛好，一眼就认出了那对母子。

二郎神一听沉香二字，脸上顿时露出了尴尬的表情，正打算找地方躲，但已来不及了，沉香和三圣母已来到跟前了。

沉香与唐三藏师徒以及哪吒、豆丁一一行礼问候，但唯独对二郎神视而不见。毕竟是兄妹，三圣母与众人行过礼之后，把沉香拉到二郎神面前，说："香儿，叫舅舅。"沉香却固执地将脸侧向一边，就是不肯叫舅舅。三圣母轻轻责怪沉香道："这孩子真倔！"然后向二郎神鞠了个躬道："哥哥近来可好？"

二郎神用鼻孔对着三娘哼了一声，算是还了礼了。一旁的沉香见二郎神竟对自己的母亲如此傲慢无礼，顿时怒火中烧，正要伺机发作。而恰在此时，二郎神的那只狗却不知好歹凑了过来，在沉香的脚上嗅来嗅去。沉香一肚子的火正要找对象发泄！见此，不容分说，一脚踢将过去，把哮天犬踢得飞了出去！

狗先前被人暗地里打瘸了，查实不了下手的人是谁，二郎神早已憋得一肚子的火！现在沉香竟敢当着自己的面打他的狗，而且出脚这么重，二郎神哪受得了？！顿时火冒三丈，照着沉香的脸一巴掌就打过来。

沉香可不是好欺负的！一弯腰，躲过了二郎神打来的手，顺势用脑袋往前一顶，把二郎神顶得噔噔噔倒退几步，绊在一个石墩上，摔了个仰面朝天。

二郎神从地上爬了起来，恼羞成怒，飞舞着三尖两刃刀向沉香砍来。沉香并不示弱，从腰间拔出开山大斧招架过去。两人你来我往，大有拼个你死我活的架势。这可把三圣母给吓坏了，急得直跺脚，撕心裂肺地喊道："住手！住手！都给我住手！"但他们都在气头上，又怎肯听她的劝呢？！

沉香和二郎神大战了二十多个回合，毕竟二郎神力气大，沉香明显有点招架不住了，于是他从腰间取出宝莲灯对着二郎神喊道："超能神灯！"

二郎神自从上回吃了宝莲灯的亏，回去后悉心苦修，最后终于被他找到了应对宝灯的法术。所以当沉香取出宝灯时，他一点儿也不惧怕，冷笑着把刀一收，嘴里念念有词道："闪电寒冰！"话音刚落，一道寒光从他的那只怪眼里射向宝莲灯。霎时，宝莲灯被一坨蓝紫色的寒冰笼罩着，无法点亮。接着，二郎神举起手中的兵刃，用尽全身力气劈向那盏灯，嘴里说道："今天我就要彻底将你这盏妖灯给毁了！"眼看沉香就要吃亏了。

大家可别忘了，沉香私底下是孙悟空的徒弟，徒弟与别人打架，孙悟空又怎会袖手旁观呢？！只见他悄悄从耳朵里掏出那根绣花针，喊一声"去！"那绣花针即时像箭一样射向那坨寒冰。只听见喀嚓一声，绣花针将那团寒冰击得粉碎！

寒冰一去，宝莲灯即时点亮，万道霞光带着巨大的能量如利刃般射向二郎神。强大的冲击波将二郎神震得飞出了山外，重重地摔在地上。二郎神身体多处受伤，就连那只法力无边的神眼也由于受了强光的照射而暂时失明了。

二郎神坐在地上喘了半天的气，直到哮天犬找来，才扯着狗尾巴，艰难地爬了起来，拍拍屁股，和哮天犬一道，招呼不打，就一瘸一拐地离开了花果山，回他的灌江口去了。

⊙ 沉香从腰间取出宝莲灯对着二郎神喊道："超能神灯！"

二十九

客人已陆续到齐，开幕仪式正式开始。

穿着笔挺西装的猴主管阔步走上主席台，通过无线麦大声宣布："各位朋友、各位来宾，请大家找位置坐好，开幕典礼马上就要开始了。首先，让我们以热烈的掌声欢迎领导入场！"

话音刚落，全场掌声雷动，两位穿得花枝招展的猴小姐从水帘宫里引出一行宾客，首先出来的是孙悟空和如来佛，紧跟着是玉帝夫妇，再接着就是观世音菩萨，还有太上老君、托塔李天王等，唐三藏也被安排在主席台上就座。

领导入场完毕，掌声逐渐平息，台下来宾也已就座。猴主管对着台下扫视了一圈，继续道："佛祖、玉帝和各位神仙朋友，大家好，今天的典礼由我来主持。现在，请大家听我的口令，全体起立，奏《花果山山歌》！"

于是大家起立静肃，现场响起了嘹亮的山歌。

奏完了山歌，猴主管请大家坐下，说："典礼的第一项是请花果山旅游开发有限公司董事长兼总经理、世界猴子联合会主席、齐天大圣、斗战圣佛孙悟空先生致开幕词，大家掌声欢迎。"

"猴哥的头衔还挺多的嘛！"沙和尚边鼓掌边笑着说。

"这猴头就爱沽名钓誉！"猪八戒噘着嘴说，顿了顿，"我看这弼马温真是一点兄弟情谊都没有，难得今天人这么齐，各路媒体也都在，也不安排咱兄弟俩台上就座，让咱们也露露脸！混个'网红'！"

"唉，没必要了，咱们又不是什么大佛大仙，不要说没安排，即使安排了，我也不敢上去坐呀！"沙和尚说。

"不敢？"猪八戒瞪着眼睛说，"你怕什么？！"

"我这人也许是小时候鸡头吃多了，怕见官！见了上司就紧张、口吃！"沙和尚有点不好意思地说。

"哈哈哈！怕见官？！你怕他们干啥？"猪八戒苦笑着说，"难道你还指望升官，还指望他们提拔你不成？！"

"不是这个意思，"沙和尚说，本来还要解释什么，想了想，摆摆手说，"算了，不跟你探讨这个问题了！"

他们兄弟俩在台下你一言、我一语不停地磨着嘴皮，转眼间台上孙悟空的开幕词也结束了。

"下面，请如来佛给大家讲话！大家以最热烈的掌声欢迎！"猴主管说。

如来佛接过话筒，满意地环视了一圈台下的客人，笑着说："我也没什么讲的，就念颂一段福经，祝大家身体安康，祝孙悟空的公司生意兴隆吧！"

"好！"台上、台下即时报以热烈的掌声。

如来佛念完经后，轮到玉帝讲话，玉帝的话又长又乏味，把大家听得直摇头。最后，玉帝宣布他有礼物要送给花果山。原来，他和王母娘娘从蟠桃园里带来了一万株蟠桃树苗，要送给花果山，说等这些桃苗长大结果后，到时一年一度的蟠桃盛会就可以到花果山来举办了！

"悟空，你得好好谢谢玉帝才行呀！"如来佛笑着说，"要知道，蟠桃树可是稀有品种，是禁止流出天庭的，这回玉帝可是开了天恩了！"

"那是！那是！"孙悟空笑着拱拱手答道。

"玉帝这一做法可谓一举两得啊！"旁边的太上老君说。

"怎么个一举两得？"众人问。

葫芦记

⊙ 如来佛说："就念颂一段福经，祝大家身体安康，祝孙悟空的公司生意兴隆
吧！"

　　"一来，以后的蟠桃盛会可以换换地方，让大家趁机出来走走，感受一下新鲜；二来，孙猴子也不用千里迢迢地跑到天上去偷吃桃子了！"老君话音刚落，全场哄然大笑。

　　猴主管笑着把话筒递给下一位发言人观世音菩萨说："下面请观世音菩萨给我们作指示！"菩萨一听，赶紧摆摆手说："我没什么讲的，让其他人讲吧。"于是猴主管把话筒递给了坐在另一边的太上老君。

　　老君接过话筒，像如来佛一样环视了台下一圈，不紧不慢地说："大圣下海，意义非同寻常，他为我们树立了一个很好的榜样，也为天界的机构改革、人员分流做出了一个很好的示范。在此，我提两点希望：第一，希望孙大圣的公司在招收员工时，一定要摒弃本土主义，不能只招花果山的猴，应适当地招些外来工，解决外来人员的就业问题，为解决仙界的就业问题做出贡献；第二，希望旅游区内的配套设施应尽量完善。我刚才看了一下简介，发现景区内的设施还不甚完善。比如没有诊所，这就很不妥，如果客人在观光途中身体不适怎么办？因此，我建议大圣，在景区内设立诊所。"

　　"好！好！这个建议很好！"孙悟空拍手称赞。

　　"诊所开设之后，所长一职如果没有其他人与我抢的话，我愿意来兼任，到时我来设个专家门诊！挂号费与花果山公司五五分成！"老君笑着说。

　　"老君真会开玩笑，我们这么小的庙哪容得下你这大仙！"孙悟空笑着说。

　　"嗨，为游客服务嘛，就不计较这么多了！况且我也不是白给大家看病的，我可是收费的。"老君也笑着说，"还有，至于诊所的供药问题，我可以全包了。这几年，由于受到外来药品的冲击，我们的传统药品制造业面临严峻的挑战，销路不好，我炼的丹药一直没能卖出去，我还指望你这里为我解决药品的销售问题。"

　　"行行行！老君想怎样就怎样！"孙悟空说。

"我们可以研究一下营销策略,"老君说,"你可以与那些旅游团的导游协商好,把购物当作旅游的一个必选项目,观光之余,让导游带旅客来购物,到时我可以给你们回扣嘛!"

"真没想到老君这么有经济头脑!"孙悟空笑着说。

"哈哈,见笑了!见笑了!"老君捋着花白的胡子说。

"你的那些药会不会是过期的?"一旁的观世音菩萨说,"可不能拿过期药来坑人啊!"

"哪里哪里!我的药绝对保质保量!"老君拍着胸口说。"我的话说完了,谢谢大家!"把话筒递回给猴主管。

猴主管把话筒递给唐三藏,说:"现在请功德佛唐三藏讲话。"

唐三藏好像有所顾虑,不愿在这么多人面前讲话,推让了半天,推不掉,只好接过话筒,声音颤颤地说:"既然这样,我就给大家念一回'大悲咒'吧。"

也许是由于太紧张的缘故,唐三藏把"大悲咒"念成了"紧箍咒",把孙悟空吓得从椅子上掉了下来。

开幕仪式结束后,是晚会时间,两位猴小姐把宾客们引入了水帘宫。

豆丁和哪吒并不喜欢舞会和唱歌,他们宁可到山上去转转。哪吒找了个机会,把豆丁介绍给沉香认识,豆丁和沉香很快就成了好朋友。

哪吒、沉香和豆丁三人出于礼节跟着大家一同进了水帘宫,他们在一个不显眼的角落坐下,吃着果品、喝着饮料,一边聊天一边看着大人们的表演。

为了带动气氛,孙悟空带头唱起了《敢问路在何方》,一下子把所有人的情绪都调动了起来。但猪八戒对他的这首歌却甚为不满。

"我说老沙,那猴头怎么在这样的场合唱这首歌,你看画面上的我们俩，一个挑着担、一个牵着马，像苦力似的，而唯独他潇洒地在空中飞来飞去，这不是诚心揭咱的老底，明摆着在众人面前贬低我们抬高他自己嘛？！"猪八戒说。

"二师兄多心了，我看大师兄并没有这样的意思。"沙和尚劝道。

"我说老沙，怎么到这时候了你还不清醒！"猪八戒说，"要不是他一直抢风头、抢功劳，我俩会落到今天这样的地步？"

"现在咱们也不错嘛！"沙和尚说。

"不错？"猪八戒说，"他和师父都成了佛，而我们俩却摊了个打杂的活儿，你还说不错？！"

"当初如来不就看你食量大，所以才给你一个净坛使者这样一个有大把美食可享用的美差嘛！"沙和尚说。

"想起来当初真是中了那老如的圈套，"猪八戒气愤地说，"现在生活好了，谁还缺吃喝？大家都讲究健康饮食了！谁还会像土鳖一样，暴吃暴饮？哼！"

沙和尚刚要说什么，却被掌声打断了。孙悟空的歌声得到了在场许多人的好评。

"下面请如来佛为大家唱一首歌，大家说好不好？"掌声稍落，孙悟空提议道。

"好！"大家起哄似的吆喝了起来。

如来佛接过话筒，顿了顿说："我不太会唱歌，这样吧，如果大家非要我唱，我就和功德佛合唱一首《禅院钟声》吧！"

"好！"大家又报以热烈的掌声。

唐三藏正在担心人家会叫他独唱呢！见如来佛请他一起合唱，真是求之不得，心想："还是如来体察入微啦！"赶紧拿起话筒跟着如来佛一起哼哼哈哈地唱了起来。说是合唱，其实大部分都是如来一人在唱，因为唐三藏不仅记不得歌词，而且连调子都忘了。唱完之后，唐三藏心想，看来以后真的要练练歌喉了，要不然，实在没法出来混了！

接着，玉帝、嫦娥、托塔李天王、猪八戒等也都一一献了唱。玉帝唱的是《爱江山更爱美人》，嫦娥唱的是《月亮代表我的心》，李天王唱的是《铁塔凌云》，猪八戒唱了《花心》和《新鸳鸯蝴蝶梦》。歌喉都很不错。只是嫦娥的歌声显得有点沧桑和凄婉而已。

玉帝大概是酒水喝多了，起身去了趟洗手间。回来时，一眼瞥见静静地躲在舞厅角落里的哪吒他们三个小子，于是朝他们走了过来。哪吒见玉帝冲他们走过来，心里一慌，说：“糟了！他可能发现豆丁了！”

“那可怎么办？”豆丁害怕地问。

“凉拌（办）！”哪吒说，“只能听天由命了！”说话间，玉帝已来到跟前。

“几个小伙子怎么这么安静呀？”玉帝笑容可掬地问，“也不上去唱首歌？”

哪吒几个慌忙起立向玉帝行礼问好。

“我们不喜欢唱。”哪吒说。

“是呀！你们这些新新人类是不会喜欢的啦！你们喜欢打游戏！”玉帝笑着说，看了一眼躲在哪吒身后的豆丁，问：“这是？”

“哦！他……他嘛！”哪吒紧张得吞吞吐吐，不知如何作答，心想，这下麻烦大了，被他发现了我擅自带凡人进来，肯定又要挨处分了！要是再被他扣几个月的工资，我真是买可乐的钱都没有了！豆丁更是吓得直打哆嗦。困窘间，身后突然传来了一个清脆的声音：“还是让我来介绍吧！”大家抬头一看，原来是观世音菩萨。

“这是人间新任的葫芦使者！”菩萨笑眯眯地说。

“菩萨，您怎么也知道此事？”哪吒惊讶地问。菩萨却笑而不答。

"葫芦使者?"玉帝先是愣了愣,然后恍然大悟道:"哦!我明白了!既然是葫芦使者,你怎么不早介绍呢?"

"没办审批手续,没经同意,就擅自把他带进来,我这不是害怕玉帝您责怪我吗?"哪吒自知理亏,事到如今,干脆主动认错。

"你觉得如果没经同意你能把他带进来吗?"菩萨在一旁依旧笑眯眯地说。

"哦?"菩萨的话把哪吒听得丈二和尚摸不着头脑。

"整件事都是菩萨一手安排的,她事先已经跟我说过了!使者的身份也已在天门的自动识别系统里做了备案。要不然,别说是你,就是我也带不了他进来!"玉帝说。

"原来如此!"哪吒若有所思地点点头说,他从不知道天门有自动识别系统一事,顿了顿说,"您的意思是凡是没在系统里备案的人员都不能进入仙界?"

"那当然!"玉帝捋了捋胡子,得意地说。

"那出去呢?"哪吒说。

"出去的话得看是什么级别!上了一定级别的神仙是可以自动过关的,而级别低的却要事先申请备案,否则无法通过!不过,不管是谁,只要进出了天门,系统里都会有记录,事后都能查阅得到!"玉帝得意地说。

玉帝的话把哪吒吓出了一身冷汗,心想,真没想到玉帝会偷偷地安装了这么一套系统!幸亏没有瞒着玉帝干些什么私事,否则死定了!

玉帝大概是看出了哪吒心中所想,严肃地说道:"人间的科技、先进管理值得借鉴!若不规范管理,任由大家肆意进出,天庭就要乱套了!之所以没有事先告诉你有自动识别系统一事,是因为想考验你,看你是否值得信赖!经过这段时间的考察,你虽然没有利用职务上的便利谋取私利,但在一些小事情上还有待加强和改进。比如孙悟空上次下凡的事,葫芦使者进来之事,虽然你报告与否并不影响他们的出进，但这些事情报与不报告，充分体现了你的纪律观念！因此，你过去的业绩，我只能给你一个基本称职！希望你再接再厉，不要辜负我对你的期望！"

"一定！一定！"哪吒连连点头道。

"好吧！你们玩好！"说完，玉帝和菩萨就归座了。

玉帝那番话，让哪吒感觉如芒在背！他不想在此久留，趁大人们唱歌热闹的当儿，带着豆丁和沉香偷偷溜了出来。殊不知，他们这一溜，竟闯出了大祸。

三十

"唉！还是外面的空气好！"到了外面，哪吒如释重负地伸了一个懒腰，说，"走，到山上去转转！"

"好！"豆丁和沉香异口同声地呼应道。

三个小家伙兴致勃勃地在花果山上转了一圈，把山上所有品种的果子都尝了个遍。

"其实花果山的水果品种并不像传闻中的多呀！"哪吒说。

"是呀！"沉香答道，"而且都是普通水果，经常吃，没什么新鲜感。"

"就是！"哪吒说，顿了顿，问沉香："唉，你吃过人参果没有？"

"人参果？"沉香脸上露出奇异的光彩，"没有！你吃过吗？"

"我也没有，"哪吒说，"想不想尝一尝？"

"当然想了！哪里有啊？"沉香迫不及待地问。

"万寿山!"哪吒说。

"万寿山?"沉香皱着眉头,若有所思地重复道。

"对,就是万寿山的五庄观!"哪吒说,"听说过吗?"

"我知道,但那个老道镇元子与我们非亲非故,他舍得请我们吃这么珍贵的果品吗?"沉香摇摇头,表示太遥不可及了。

"他舍得请咱们吃,固然好!如若不然,咱们可是会爬树的哦!"哪吒伸出双手,做了个爬树的动作说。

"你是说偷?"沉香惊讶地看着哪吒问。

"不是偷!这叫自己动手,丰衣足食!"哪吒笑着说。

"这样不太好吧?"显然,沉香并不认同哪吒的做法。

"嗨!别前怕狼后怕虎啦!豆丁兄弟难得来一趟仙界,咱们就冒冒险,请他尝尝咱们仙界的极品,也不枉兄弟一场了!"哪吒说,"更何况,要真考究起来,那棵人参树原本只是一棵野生植物,并不在那镇元子的五庄观内,是镇元子看上了那棵树,故意把他道观的围墙扩建了,把人参树圈在了他道观墙内,私占了而已!"

"你怎么知道?"沉香侧着脑袋问。

"我怎么会不知道?!小时候我经常跑到那边去玩,爬树、摘果子、端鸟窝的事没少干!不过那时候毕竟是野生的,肥料不足,果子不像现在这般大,而且也很容易摘!被镇元子占为私有后,施了不少化肥,果子肥壮了许多,也不那么容易摘了!不过,现在的果子已经没有以前的那么有果肉味了!"

"原来如此!"沉香微微点点头,说,"那好吧!咱们就去看一看吧!"

说走就走!三人离开了花果山,直奔万寿山而去。

约摸赶了一个时辰的路,他们来到了一座山前,远远望去,山坳之间隐约有几间青砖瓦房。

"万寿山到了!前面的瓦房就是五庄观了。"哪吒说。

"我们找个地方翻墙进去吧!"沉香说。

"别急，先弄清楚情况再下手不迟，"哪吒说，"贸然下手，万一被镇元子碰见了那就悲催了！"

"那也是！"沉香说。

说话间，三人已来到了山庄门前。说也巧，就在这时，五庄观的大门嘎的一声打开，从里面走出来两个青衣童子。那童子一抬头，正好看见哪吒他们，其中一个认出了哪吒，惊叫道："这不是三太子吗？"

哪吒也认出了他们两个，连忙上前行礼道："清风、明月，两位近来无恙吧？"

"还好！还好！"两个童子连声应道，"不知是什么风把三太子吹来了？"

"没有，我和我的两个朋友打算周围走走，正好路过贵庄，没想到这么巧遇见了你们。"哪吒说。

"怎么不进庄里歇一会儿？"两个童子说。

"不太好吧？"哪吒虽然心里很想进庄，但却装着不打算进去的样子，"让你们师父看见了，会骂人的。"

"不用怕！我们的师父正在闭关练功，他不会管我们的。"两个童子说。

"真的？"哪吒高兴得差点叫了出来，心想，真是天助我也！"既然这样，也好，久闻贵庄大名，所憾一直没有机缘拜访，今日趁此机会正好长长见识！"

"这样子吧，我们正要上后山采灵芝，你们和我们一块去，顺便看看后山的景色，采完灵芝后再一同回来，你看意下如何？"两个童子问哪吒。

"那太好了！"哪吒说，偷偷地对着沉香和豆丁使了眼色，意思是：搞定！

"对了，说了半天，你还没介绍你的这两个朋友给我们认识呢！"两个童子说。

　　"哦！不好意思，只顾跟你们说话，都忘了介绍了！"哪吒挠挠头，笑着说，"这个就是当年打败二郎神、力劈华山救出生母的大名鼎鼎的沉香，这个是我们的好朋友，也是新任的人界葫芦使者豆丁。"

　　沉香、豆丁与两个童子一一见过。之后，五人兴冲冲地上了后山。

　　他们很快就采了两篮子灵芝和一些上好的蘑菇、野果。趁时间尚早，他们还在山间转悠了好一阵子才依依不舍地下山。回到山庄后，两个童子为哪吒他们沏上灵芝茶，请他们吃山庄自制的糕点。聊了一阵子，两个童子说要给闭关的师父送饭，让哪吒他们先在客厅坐一会儿，回头再出来和他们玩弹子。说完就一人拎着一个篮子给师父送饭去了。

　　"机会来了！"两个童子一走，哪吒一古脑儿跳下凳子，拉着豆丁和沉香直奔后院。

　　来到后院，隔着院墙就看到了那棵参天的人参树，硕大的人参果子在树枝间跳来跳去，飘出阵阵沁人的果香。来到院门前，只见院门锁着一把大锁，进不去。

　　沉香摆摆手，示意哪吒和豆丁靠一边，然后举起斧头，三两下把锁劈开，带头进了后院。

　　来到人参树下，三人抬头看了看，发现树还真挺高的。

　　"谁会爬树？"哪吒问。

　　沉香摇摇头，晃了晃手中大斧，说："我能把树砍下来！"

　　豆丁看看哪吒，再看看沉香，说："爬树有什么难？我经常爬树！"

　　"那行！你负责爬树！"哪吒说。

　　"没问题！"豆丁把铁锹插在后背腰间，往巴掌上吐了两口唾沫，搓了搓手掌，喊道："我来了！"嗖嗖嗖，三两下就爬上了树顶。

豆丁在一枝树丫上站稳，一颗肥胖的人参果就垂在他面前。"好! 先把你摘掉!"豆丁边说边伸手去摘那果子。谁知他的手刚碰到那果子，那果子就噌地一下跳到别的树枝上去了。豆丁惋惜地啧了一下，转身去摘别的果。但一连摘了好几个，都是一样的结果。

豆丁急了，说道:"我就不信摘不到你!"说着，从背后抽出铁锹，对着一串人参果使劲扫过去。只听见哗啦一声，那串果子纷纷坠地。

地上的哪吒和沉香见终于有果子掉下来了，赶紧伸手去接，但却一颗也没接住! 那些人参果子像长了眼睛似的，躲开了哪吒他们的手，掉落在地面上，钻进了土里，消失得无影无踪!

这时，哪吒才突然想起一件事。"我记起来了!"哪吒拍了拍后脑勺说，"这些人参果必须要用金击子才能将其击落，而且下面还得用丝帕接住才行，否则果子一落地就钻到土里了!"

"我们上哪去找那些工具呀?"沉香耸耸肩说。

"只有五庄观里有!"哪吒说。

"你以为他们肯借给我们吗?"沉香说。

"不可能!"哪吒摊摊双手，无奈地说。

"难道我们就白来了吗?"沉香泄气地说。他抽出斧头，对准一枝挂满了果子的树枝扔了过去，只听见"咔嚓"一声，整枝树枝带着人参果应声而下! 毫无疑问，一落到地上，那些果子都纷纷钻进了土里。

"有意思!"沉香说，捡起斧头，对准另一枝树枝扔过去，但这次扔偏了，没砸着。

"咦! 可惜了!"一旁的哪吒说，"看我的!"边说边取下颈上的乾坤圈，对着一枝大树枝砸过去，树枝带着满枝的果子轰然而下!

"厉害!"沉香对着哪吒竖起了大拇指，然后抢起斧头对着人参果树狠狠地扔过去，这次扔得很准，削下了一根大树枝。

⊙ 谁知他的手刚碰到那果子，那果子就噌地一下跳到别的树枝上去了。

"好棒! 我来!"哪吒抢起乾坤圈刚要扔出去, 突然听见树上的豆丁喊道:"你们别砸着我呀! 让我先下来!"

哪吒和沉香仿佛此时才突然记得豆丁还在树上, 忍不住哈哈大笑!

豆丁三两下从树上滑回了地面, 拍了拍身上沾满的树皮屑, 说:"摘不了!"

"不怪你! 是我们没想周全!"哪吒安慰道。

这时, 沉香再又用斧头砸下了一根树枝, 乐得手舞足蹈!

"我也来一个!"豆丁说, 举起铁锹朝人参果树飞过去。铁锹不偏不倚, 铲下了一根不大不小的树枝。

"厉害!"哪吒和沉香双双对豆丁竖起了大拇指!

就这样, 三个顽皮的家伙你扔一下, 我扔一下, 不一会儿工夫, 一株原本好好的人参果树竟被他们糟蹋得只剩下光秃秃的树干。

三个顽皮鬼正得意间, 远处大厅传来了开门的声音。哪吒想, 肯定是清风和明月两个童子回来了, 于是领着沉香和豆丁翻墙逃出了五庄观。

清风、明月两个童子给师父送完饭, 兴致勃勃地赶回来, 原想再弄些好吃的东西招待哪吒他们, 跟他们好好玩玩弹子游戏, 但进到大厅, 却不见了哪吒他们。清风和明月以为哪吒他们肯定是到屋外转悠去了, 于是走出大厅, 一路找来。

当他们来到后院, 看到被砸开的后院门锁和光秃秃的人参果树时, 顿时大惊失色, 吓得瘫坐在地上号啕大哭起来。

"天哪! 这是谁干的缺德事呀?!"清风擦着鼻涕说。

"还用问? 肯定是哪吒他们干的好事了!"明月说。

"我们这样热情招待他们, 他们为什么还要加害于我们呢?"清风哭着说,"师父知道了肯定饶不了我们了!"

"师父一再嘱咐我们不要擅自带陌生人进庄, 都怪我们没有听他老人家的话! 这回真是引狼入室了!"明月说。

"这可怎么办呢?"清风急得直跺脚。

"还能怎么办呢! 赶紧把他们抓回来交给师父处理吧!"明月说。

于是两个童子操了家伙,骑上白鹤直奔哪吒他们而去。

三十一

清风和明月很快就追上了哪吒他们。

两个童子降下云头,大喝一声"哪里去!"拦住了哪吒他们的去路。

哪吒他们以为是镇元子追来了,吓了一大跳,但当看清了眼前站着的只是两个童子时,心才定了下来。

哪吒笑嘻嘻地上前拱手行了个礼道:"两个童子好! 由于公务缠身,不辞而别,还望两个童子见谅!"

"我呸!"两个童子啐道,"你们毁了我家的人参果树,还在装蒜,赶紧赔树来!"话音刚落,不容分说,举刀就向哪吒他们砍来。

哪吒见两个童子来势汹汹,不敢怠慢,连忙举枪迎战。以哪吒的武艺,不要说两个童子,就是他们的师父来了,要赢哪吒也绝非易事! 几个回合下来,两个童子就只有招架之功而无还手之力了! 被哪吒逼得连连后退! 就在两个童子狼狈不堪之时,天空突然飘来一朵祥云。清风手搭凉棚仔细一瞧,不禁又惊又喜,喊道:"师父! 师父来了!"明月听见喊声,跟着抬头望去,果然是师父,这回可好,靠山来了!

　　镇元子手持拂尘,徐徐从空中降下。两个童子见了师父,就好像是见到了救星一样,连忙躲在师父身后,指着哪吒他们说道:"师父,他们……"

　　"不用说了,我都知道了!"镇元子瞟了哪吒他们一眼,骂道:"你们几个小捣蛋鬼,还不赶紧束手就擒!"原来,镇元子正在闭关练功,不知怎的,突然感到心神不宁,于是掐指一算,方知大事不妙,赶紧提前出关一路追来。在紧急关头,及时出现,替清风、明月解了围。

　　一看到镇元子,哪吒顿时打了个冷战,心想:这下糟了!但还是硬着头皮上前施礼道:"大仙好!我们原本只是想试看能否摘下人参果,谁知一时失手,毁坏了你家的宝树,不对之处还望见谅!不过,大仙也不必过虑,我们只是把树枝砍了下来而已,树的根基还是完好的,春天一到,我保证它会长出新芽来的!"

　　"好一个不懂事的娃子,你以为我那棵是普通树木?我那宝贝三千年才能发芽长叶,六千年才开花,九千年才结果,一万二千年才成熟,被你这么一弄,我那树就得等一万多年后才能结果,你竟如此大言不惭!胡说八道!赶紧赔我树来!"说完将拂尘轻轻一扫,口里念念有词:"袖里乾坤大!"又想像当年抓孙悟空师徒一样把哪吒他们赶进他的袖子里。

　　一旁的沉香见了,大呼不妙,连忙取出宝莲灯对着镇元子喊道:"超能神灯!"这宝灯关键时刻还是帮了大忙!宝莲灯射出的万道霞光带着巨大的能量将大仙的袖口吹得调转了方向。结果乾坤袖不但没装着哪吒他们,反而把镇元子身后的清风、明月装了进去!两个童子做梦也没想到自己竟会落入师父的乾坤袖里,吓得拼命挣扎呼救。

　　镇元子一看,装错了人!慌忙翻转袖子,把两个徒弟倒了出来。就在镇元子忙乱之际,哪吒他们趁机向花果山方向逃去。镇元子岂肯罢休,飞舞着拂尘,怒气冲冲地向他们追去。

哪吒他们被镇元子追得走投无路,只好把心一横,决心与镇元子一比高下。只见哪吒摇身一变,立即化作三头六臂,飞舞着火尖枪和乾坤圈向镇元子扑了上去,沉香也举起开山大斧助战。就这样,两个少年一左一右地把镇元子夹在中间,展开了一场恶战,直斗得天昏地暗。

豆丁不会功夫,帮不上忙,只好在一旁吆喝着给两个朋友助威。

这时只见镇元子双手一摊,使出了道家的看家本领——太极神功,原地走起了八卦步。

哪吒并不知道其中奥妙,以为镇元子是被气疯了,所以原地打起了转转,正想笑话他。谁知镇元子越走越快,一眨眼工夫,一个镇元子就变成了无数个镇元子,让人眼花缭乱,分不清哪个是真身,哪个是影子,看得哪吒他们心慌意乱。

就在哪吒他们惊愕之余,那无数影子铺天盖地地向哪吒他们压过来。哪吒挥舞着火尖枪对着那些镇元子刺去,却连连刺空。

沉香也挥舞着大斧乱砍乱劈,却什么也没打着。

情急之下,哪吒把他的那条混天绫往空中一扔,嘴里说声"变"。那一条混天绫即时化作无数条带子编织成的天罗地网,向那些镇元子罩去。

嘿,这招还挺管用!镇元子的太极步被网缠住,施展不得,动作立即慢了下来。动作一旦慢下来,那些影子就不见了,露出了真身。

哪吒一看,机会来了,举起乾坤圈向镇元子砸去。但镇元子毕竟是高人,只见他不紧不慢,头一伸,用脖子把哪吒抛来的乾坤圈接住,然后顺势将乾坤圈当成呼啦圈转了起来,一边转还一边对着哪吒做出嘲笑的表情,把哪吒气得嗷嗷大叫,乱了阵脚。

见此,镇元子趁机举起拂尘像铁帚般向哪吒的头打来。说时迟那时快,哪吒挥动着混天绫,对着拂尘如鞭子般抽去。只听见啪的一声,混天绫打在拂尘上,并顺势绕了几个圈,将拂尘死死缠住。哪吒顺势用力一拉,将拂尘抢了过来。镇元子一看拂尘被抢,顿时慌了手脚,冲上前去想要夺回拂尘,却被沉香举斧拦住了。

为了报复刚才被戏弄之仇,哪吒将镇元子的拂尘当成扫帚在地上扫来扫去,一边扫一边哈哈大笑说:"老道,你这扫帚就送给我扫茅厕吧!"

这可把镇元子给气疯了,他大叫一声,使出了另一门绝学"万寿大法"。只见他盘腿往地上一坐,双手胸前合十,嘴里念念有词:"万寿合一!"话音刚落,镇元子一下子变大了几万倍,像一座大山似的屹立在哪吒他们面前。没等哪吒他们反应过来,镇元子张开手掌,像老虎打蚊子似的对着哪吒他们拍打过来。

哪吒和沉香慌忙躲闪,连连后退,全无还手之功。

慌乱中,哪吒对着沉香喊道:"沉香,用你的开山大斧!"沉香这才醒悟过来,于是一跃而起,跳出圈外,举起大斧向镇元子劈去。

沉香手中的大斧既然叫开山大斧,就不是徒有虚名的!随着一道巨大的寒光,大斧如闪电般朝镇元子劈去。镇元子从寒光的冷风中感觉到自己的防护罩并不能抵御大斧的锋利,于是慌忙收了法术,恢复了真身跳出圈外。

破了镇元子的"万寿大法",哪吒和沉香勇气大增,双双举起兵刃向镇元子逼来。镇元子被逼得无路可退,咬咬牙,拿出了他最厉害,也是最后的绝招——镇元神功。

这镇元神功讲究的是心法,利用意念,混合天地元神,法随心至,威力无比。但这种神功的最大弱点是,一旦对方的意志比你强,你就会因为遭到挫折而万念俱灰,最终自我毁灭,因此,镇元子不到万不得已的情况是不会使用这种神功的。

面对哪吒他们的进攻,镇元子并不急于还手,只是闭目垂手而立。哪吒他们见镇元子对他们的进攻无动于衷，好生纳闷，以为他要投降，收住兵刃原地观望。

但就在这时候，哪吒他们突然感到空气中有一股暗流向他们压过来，而且这股暗流的密度越来越大，几乎要将他们窒息。沉香知道肯定是镇元子在使用法术，于是连忙取出宝莲灯，对着镇元子喊道："超能神灯！"霎时，一股同样强大的气流朝着镇元子反压过去。两股气流在空中相遇，产生巨大能量的碰撞，一波未平，一波又起，震得地动山摇。就这样，镇元子和宝莲灯较量了起来，双方均遇强越强，旗鼓相当，不相上下！

正当他们斗得难分难解之时，突然身后的清风、明月大喊一声："哪吒，你们给我住手！"

大家回头一看，只见清风、明月已将刀架在了豆丁的脖子上了。

"如果不想你们的朋友有事，就立即放下你们手中的兵器！"两个童子说。

看着豆丁脖子上寒光闪闪的钢刀，哪吒和沉香面面相觑，无可奈何地垂下了手中的兵器。

"他是我们的朋友，不会武艺，而且事情也与他无关，请你们放了他吧！"哪吒对两个童子说。

"哼！你们毁了我的宝树，还有资格跟我讨价还价？！"镇元子怒容满面地说，"你们不想办法救活我的宝树，就休想让我放他！"说着把豆丁塞进袖子里，手一挥就回万寿山了。

由于豆丁在镇元子手里，所以哪吒和沉香只能眼睁睁地看着镇元子他们扬长而去。

"这可怎么办？"沉香望着哪吒说。

"看来只能找大圣了！"哪吒说。

于是两人连忙回花果山找孙悟空帮忙。

⊙ 清风、明月已将刀架在了豆丁的脖子上了。

三十二

哪吒和沉香刚进花果山的山门，就正好与送客人出来的孙悟空撞了个正着。孙悟空被他俩的狼狈相吓了一跳，连声问道："你们为何这等神色？豆丁呢？怎么不见豆丁了？"

"我们……"沉香刚想向孙悟空说出事情的经过，却被一旁的哪吒拉拉袖子制止了。

"豆丁被万寿山的镇元子抓去了！"哪吒抢先说道。

孙悟空一听，急了，慌忙问："怎么会这样？究竟发生了什么事？"

"我和沉香按您的吩咐，领着豆丁去玩，到了万寿山，路过五庄观时，豆丁觉得那里的景色好，驻足观赏了一会儿，谁知里面的道童说豆丁是乡巴佬，影响了他们道观的景观，要赶我们走，我们不服，和他们理论，他们却用扫帚赶打我们。我和沉香实在咽不下这口恶气，和他们打了起来，打斗声惊动了他们的师父镇元子，那老道更是不讲理，一出来不由分说像抓小鸡似的就把我们往他的袖子里抓，我和沉香跑得快，所以没被他逮着，而豆丁却被他们抓去了。"哪吒说。

"你们没跟镇元子说豆丁是我的朋友吗？"孙悟空一听，急了。

"说了！"哪吒说。

"既然说了，那老道干吗还要抓人呢？"孙悟空皱着眉头说。

"唉！你有所不知，那老道一听豆丁是你的朋友，不但不放人，反而更凶了，说什么'那个弼马温不是什么好猴，和他来往的肯定也不是什么好鸟！'"哪吒说。

"我呸！"孙悟空一听，顿时火冒三丈！"当年西天取经路上，他对我们师徒横加阻挠，我姑且不计，没想到时至今日，他仍要和俺老孙作对！真是欺人太甚了！你们随我来，看我怎样拆了他牛鼻子的狗窝！"说完，领着哪吒和沉香直扑万寿山而去。

来到万寿山，降下云头，孙悟空二话不说，挥舞手中的金箍棒，啪啪两声，将五庄观门前的那对石狮子打得粉碎。

镇元子听见动静，带着清风、明月两个童子冲了出来，正好看见孙悟空在门外撒泼，真是又气又怕，指着孙悟空骂道："你这泼猴，为何无缘无故跑来我这撒泼？！"

"我就撒了！你又怎样？你能拿我怎样？！"孙悟空双手叉腰，一副挑衅滋事的样子。

"你这不是欺负人吗！"镇元子怒道。

"就欺负你了，又如何！"孙悟空依旧带着挑衅的语气说。

镇元子被他气得上蹿下跳，吼道："一千年前你是猴子时在这捣乱，一千年后的今天你成佛了依然来捣乱！真是孽障！老道今天就和你新账旧账一起算！"说着，举起拂尘朝孙悟空打来。

"来得好！"孙悟空大喊一声，挥舞着金箍棒迎了上去。两人你来我往，打了五十多个回合，镇元子眼看招架不住了，又想用他的乾坤袖来收孙悟空。

今天的孙悟空已经不是一千年前的孙悟空了！他看见镇元子张开袖子要收他，竟动也不动地原地站着，任凭镇元子的摆弄。镇元子一看，正好！拂尘轻轻一扬，将孙悟空扫进了袖子里。这么轻易就收了孙悟空，连镇元子自己都觉得不可思议！纳闷间，却突然听见"轰"的一声巨响，他那乾坤袖像气球一样爆炸了！

原来孙悟空在他的袖子里引爆了一枚他用毫毛变成的小型核弹！核弹虽小，但爆炸的威力却将镇元子的袖子炸得粉碎！而且核弹造成的辐射祸及旁边槐树上的一只蜘蛛。只见蜘蛛像气球似的迅速膨胀，不一会儿就化作一股阴风飞走了。这只蜘蛛由于受到了核污染变成了一个妖怪，并且在不久的将来差点要了哪吒他们的性命，这都是后话了，留待后面再叙。

话说孙悟空随着袖子的碎片一个筋斗飞到了半空，再一个转身，举着棒子从空中朝着镇元子直打下来！

镇元子被刚才的爆炸吓得惊魂未定，慌乱中连忙举起手中拂尘招架。

那拂尘又怎经得起孙悟空的金箍棒！啪的一声，被孙悟空劈成了两截。

镇元子扔下手中的半截拂尘，带着两个童子丢下五庄观落荒而逃。

孙悟空并不去追赶，带着哪吒和沉香冲进了五庄观救人。

"不知那老道会把豆丁关在什么地方？"沉香边找边自言自语地说。

"别担心，我知道他们把豆丁关在哪。"孙悟空说。

"你怎么知道？"沉香问。

孙悟空嘿嘿笑了两声，却没有答话。

"难道你忘了当年大圣也曾被关在这里吗？"哪吒一旁说。

"噢，是哦！"沉香恍然大悟，拍拍后脑勺说。

孙悟空却尴尬地笑了笑，他不喜欢别人提起这件事。对于他大圣来说，被擒获捆绑的经历毕竟太丢人了。

孙悟空带着哪吒他们径直朝香堂走去，刚一进门，果然见到豆丁被绑在大厅的柱子上。一见到豆丁，哪吒赶紧跑上前去割断绳索，把他放了下来。

"让你受苦了！兄弟！"孙悟空拍着豆丁的肩膀说。

"我没事，谢谢大圣相救。"豆丁向孙悟空拱拱手，答谢道。

"客气啥！咱们是兄弟，你有难，我能不帮吗？！更何况你是

葫芦记

⊙ 孙悟空举着金箍棒从空中朝着镇元子直打下来!

我邀来的客人！"孙悟空说，顿了顿，好像突然记起了什么事似的，"唉，对了！五庄观的后院有棵人参果树，咱们去摘几颗人参果解解渴吧！"

"这……"哪吒和沉香你看看我，我看看你，心想，要是让大圣看到那棵树，那就露馅儿了。

"犹豫啥？走吧！"孙悟空拉起豆丁的手就走，"让你也尝尝这仙果，回去后你也可以长生不老了！"

豆丁正想说什么，却被一旁的哪吒用眼神制止了。

"走吧！跟着圣佛去开开眼界！"哪吒推了推沉香和豆丁说。

进到后院一看，孙悟空顿时被眼前的情景惊呆了，只见那棵人参果树光溜溜的，不要说果子，连一片叶子也见不着。

"怎么会这样的？！"孙悟空看看那棵树，再看看哪吒他们。

"这……这！"哪吒他们支支吾吾地半天说不出一句话。

看着他们三人的窘样，孙悟空马上就猜到了事情的原委。

"哦！怪不得镇元子要抓你们，原来你们把人家的宝树给毁了！这就是你们的不对了！"孙悟空愧疚地说，"唉！都怪我太冲动了，错怪了镇元子，真是枉为圣佛呀！"

三十三

镇元子逃出五庄观，惊魂未定，绕着万寿山转了一圈，未见孙悟空追来，才敢停下步子，在山顶的一块石头上坐了下来，缓缓气。

"师父，现在我们该怎么办呢？"清风彷徨地问道。

镇元子瞪了两个童子一眼，狠狠地说道："怎么办？！都怪你们不听为师的话, 擅自招待外人, 闯下如此大祸! "

两个童子吓得跪在地上, 连声认错求饶。

"唉! 算了算了! 其实这也怪不得你们, 这一切灾劫皆因我贪念所致! " 镇元子摆摆手, 长叹一声道。

"师父千万莫要自责! 分明是他们野蛮、不讲理! " 清风说。

"唉! 当初要不是一时贪念, 将此树圈入庄内, 又何来日后的这么多是非、烦恼? ! " 镇元子垂头丧气地说, "你们日后谨记了, 意外之财必定也是意外的烦恼呀! "

"我们记住了, 师父! " 清风明月答道, 顿了顿, 问道: "接下来我们该怎么办呢, 师父? "

镇元子叹了一口气, 没有说话。

"不如咱们去告他吧! " 两个童子愤愤地说。

"告他? " 镇元子侧过脸来, 凝视着两个童子问。

"对! 到玉帝那里去告他! " 明月说。

"看来也只有这么办了! " 镇元子无奈地说。于是, 镇元子带着两个童子直奔南天门, 要去灵霄殿求见玉帝, 控告孙悟空和哪吒。谁知, 师徒三人来到南天门, 却被门卫挡在了门外, 进去不得!

"干什么的? " 门卫呵斥道。

"我们要找玉帝! " 镇元子说。

"找玉帝干什么? " 门卫冷冷地问。

"告状! " 听得出镇元子依然满腔怒火。

"告状? 告谁? " 门卫伸着脖子好奇地问。

"告孙悟空! " 镇元子说。

"告圣佛? ! 你有病啊! " 门卫先是一惊, 然后冷笑道, "孙大圣佛你都敢告? 真不知天高地厚! 我告诉你, 玉帝现在就在花果山孙大圣家做客, 估计十天半个月也回不来! "

"告告告! 告什么告, 赶紧走! " 另一名门卫毫不客气地赶他们走。

没办法，镇元子只好强压怒气，退出了南天门。

"怪不得那泼猴如此胆大妄为，无法无天，原来是把玉帝给收买了，有玉帝给他撑腰！还告什么鬼呢！"镇元子叹气道。

"那猴子还真懂得拉关系！"清风对明月悄声说。

"是啊！咱们师父就不懂得搞人际关系，"明月也悄悄地说，"如果他老人家懂得点人情世故，时不时给上头送几颗人参果，疏通疏通，就不会落到今天这个被动的局面了！"

"是啊……"清风本还想说什么，却被镇元子狠狠地瞪了一眼，吓得赶紧住嘴。

镇元子带着两个童子快快地离开了南天门，回到了万寿山，忐忑地、试探地进了五庄观，发现孙悟空他们已经离去，才松了一口气。

明月为师父上了茶，镇元子端起杯子，刚喝了一口，就见清风惊慌失措地从外面跑了进来，边跑边喊："不好了！不好了！那猴子带了一帮人又杀回来了！"

镇元子一听，吓得杯子咣当一声掉在了地上。两个童子更是吓得缩作一团！镇元子看看地上的杯子，再看看两个浑身颤抖的徒弟，不禁恼羞成怒，大喊一声："欺人太甚！今天不是那泼猴死就是我亡！"操起家伙就往门外冲。两个童子唯有颤巍巍地跟着往外跑。

镇元子冲到门外，果然见一群人往他这边走来，为首的正是那猴头。镇元子咬牙切齿，摆开架势，准备与孙悟空决一死战。

对方来到跟前，人群中突然传来一个慈祥的声音："镇元子，请少安毋躁！"

镇元子定睛一看，原来是观世音菩萨。一见到菩萨，镇元子既高兴又委屈，喊道："请菩萨为我主持公道呀！"

菩萨微笑着说："你别说了，圣佛都跟我说了，都是误会！"然后扭头对着孙悟空，"悟空，你还不赶紧给大仙赔罪！"

孙悟空"嗯"地应了一声，跳出人群，向镇元子鞠躬行礼道："先前一时冲动，误会冒犯了大仙，还望大仙见谅！"

镇元子"哼"的一声，把头扭到一边，不理睬孙悟空。

孙悟空回头看着菩萨，无奈地摊摊手，说："他不肯原谅我！"

菩萨微笑着轻轻骂道："都怪你这猴头！"然后对着镇元子说："镇元子，悟空发现错怪了你之后，很是内疚，特意请我来救治你家的宝树，他是诚心的，你就原谅他吧！"

镇元子一听可以救回人参果树，立刻笑逐颜开，将菩萨和孙悟空一行请进了五庄观，并吩咐清风、明月两个童子将上好的万寿茶端上来，招呼客人。

"咱们还是先看看人参果树吧！"菩萨说。

"也好！也好！"镇元子连声说。其实他心里一直惦记着那棵树，哪有心情请他们喝茶。

镇元子把菩萨他们带到后院，只见原来婆娑、苍翠的人参果树只剩下光溜溜的树干，触景生情，镇元子的心情别提有多难受了。

菩萨看着镇元子笑了笑，说："镇元子不必难过，一会儿就好了！"说着取出净瓶，用杨柳枝蘸了甘露对着空中轻轻一甩，那甘露顿时化作洋洋洒洒的细雨落在人参果树及地上的树枝上。吸到甘露后，地上的树枝立刻魔法般回归到了枝头，一转眼的工夫，光溜溜的人参果树又恢复了婆娑苍翠，原先落入地下的人参果又重新挂在了树枝上！

看到镇山宝树恢复了生机，镇元子开心得合不拢嘴，把菩萨他们请回堂中用茶，并命两个童子摘来人参果招呼客人。

豆丁跟着大家，吃了一颗人参果，哇，那味道可真鲜美！

孙悟空向镇元子说明了先前冒犯的缘由，一再道歉。哪吒、沉香和豆丁也一一向镇元子和两个童子道了歉。

　　镇元子本来也是通情达理之人,而且见宝树已经救回,也就不把事情放在心上了,大家一笑泯恩仇!当镇元子知道孙悟空要把花果山开发成旅游区时,许诺要送孙悟空一棵嫁接的人参果树苗,还说,虽然是二代,但果子味道和功效还是有的!一万年后,等人参树结出果子时,千万别忘了请他去品尝!

　　孙悟空也很高兴,说:"现在是科学种植,所以不用等一万年,大概一年半载后就可以结果了!"

　　"真的?!"孙悟空的话简直毁了镇元子的三观,感觉太不可思议了,问:"有这等技术?"

　　"不敢骗大仙!"孙悟空说,"等你送给我的这棵人参果树长大后,我要大量嫁接种植,用不了多久,人参果就不再是稀有品种了,届时每个人都有机会品尝了!"

　　"哦!"镇元子若有所思地点点头,心想,如果真如这猴头所说,到时岂不是满天下都是人参果?要那样,我五庄观的这棵独一无二的人参果树岂不是被废了?!如此看来,还是不送他果树苗为妙!于是说:"现在树苗还没培育出来,等培育出来后,我让清风和明月专程送到你们猴山!"其实,他只是想把事情拖下来,以便日后不了了之而已!事实上,镇元子后来并没有把人参果树苗送给孙悟空,这就是为什么人参果没有普及的原因。

　　"是花果山!"孙悟空纠正镇元子道,他最讨厌别人称他的花果山为猴山了!

　　一旁的菩萨会意地笑了笑,说:"时候不早了,我们还是先回吧!"

　　于是一行人告别了镇元子,离开了五庄观。观世音菩萨直接回了南海,孙悟空带着豆丁、哪吒和沉香回了花果山。人界此时已差不多要天亮了,豆丁必须要赶回人界。

　　孙悟空说他还有其他客人要招待,就不送豆丁了,吩咐哪吒和沉香一定要把豆丁安全送过银河,送出葫芦口。

送豆丁走之前，由于沉香的母亲也急着要回家，所以嘱咐沉香要快去快回。为了轻装上路，沉香将宝莲灯暂时留给母亲保管，自己和哪吒护送豆丁离开了花果山。

他们一路有说有笑，很快就来到了银河边，但就在他们将要过河的时候，哪吒突然想起了一件事。

"唉，今天怎么不见红孩儿来花果山参加庆典？"哪吒说。

"不知道呀！"沉香说。

"红孩儿？"豆丁好奇地问，"红孩儿不是被观世音菩萨收作善财童子留在身边了吗？"

"是，但后来菩萨见红孩儿野性已降，就让他回火云洞继续修炼他的三昧真火了，说什么日后能派上用场。"沉香说，"菩萨做事总是有她的原因的。"

"你想不想去见见他？"哪吒问豆丁。

"我？万一他放真火来烧我怎么办？"豆丁说。

"哈哈哈！放心吧，此时红孩儿已不是彼时红孩儿了，他已走上正道，而且是我和沉香的死党，既然大家都是朋友，我想把你介绍给他认识。"哪吒说。

"好是好，只是现在时间已晚，恐怕来不及了！"豆丁说。

"来得及，这里到火云洞并不远，真要去的话，一会儿就到了，绝不会耽误你回去的。"哪吒说。

"是的！去吧！"沉香也在一旁怂恿说。

豆丁见他们都这么说，而且关键他自己也心痒痒，于是就答应了。

就这样，豆丁跟着哪吒和沉香改道去火云洞会红孩儿了。殊不知，这一次三个小伙伴又闯下了大祸，害得豆丁差点回不了人界。

三十四

豆丁一行直奔火云洞而去，不久就来到了一座山前。只见山高林密，云雾缭绕，一条湍急山涧从大山深处奔涌而出，水击顽石，雾气升腾。

"沿着这条溪涧逆流而上，一直前行，越过前面两座山峰，就是火云洞了！"哪吒说。

"你以前来过吗？"沉香问。

"来过两回了，都是在红孩儿过生日的时候来的。"哪吒说，"你没来过吗？"

"他过生日都没有请我。"沉香说。

"可能觉得你住得远，不方便吧！"哪吒安慰道。

"也许吧！"沉香说，"他生日请你们肯定有很多好吃的东西吧？"

"也不见得！就草莓蛋糕比较好吃，其他的都是烧烤，什么烤蘑菇、松子、山薯，太上火了！来了两次，每次都上火，每次回去都口腔溃疡，吃了不少消炎药！"哪吒苦笑着说。

"哈哈！火云洞嘛！善于用火！"沉香调侃道。

"那是！张口就是火，最方便不过了！"哪吒说。

不知不觉间，三人已上了第一座山峰。此山峰高耸入云，陡峭险峻。这山上百里无有人烟，走在羊肠小道上，四面黑云笼罩，阴风鸣响。豆丁紧紧夹在哪吒和沉香中间，小心翼翼，一步一惊心地往前走。这环境让他真正体会到了什么叫作不寒而栗！

忽然，一片黑云从西北面慢慢地朝他们压了过来。哪吒一看，不禁打了个寒颤，一种不祥的预感袭上心头。

"感觉那片乌云来得不太正常，我去察看一下！你们在这等我一会儿！"说着，哪吒踩着两个风火轮飞上了云端。哪吒手搭凉棚观望了一阵子，虽然没发现什么恶物，但他心里始终有一种不踏实的感觉。

"我们赶紧赶路吧，这深山老林说不定有什么妖怪！"哪吒回到地面，对沉香和豆丁说。

"怕什么？妖怪要是敢来，让它们尝尝我开山大斧的滋味！"沉香扬了扬手中的大斧说。

"我们当然不怕啦，只是担心豆丁兄弟而已！"哪吒说。

"有我们在，豆丁兄弟的安全不会有问题的！"沉香说。

"也不能掉以轻心呀！当年孙悟空够厉害了吧，唐三藏不也三番五次地被妖怪掳走了！还差点被煮了吃掉了呢！"哪吒说，"还是那句话'小心驶得万年船'！"

"那倒是！"沉香说。于是三人打起精神，谨慎前行。

走着走着，前面草坪上忽然出现了一只可爱的小黑狗。

见到小狗，豆丁倍感亲切，惊叫道："小狗！"说着冲上前去抱那小狗。

哪吒一看，叫道："不好！"赶紧伸手制止！却为时已晚！只听见山崩地裂的一声巨响，地上裂开了一道大大的口子，将豆丁吞了下去。

豆丁只觉得身体一坠，眼前一片漆黑，接着就失去知觉了。

一切来得如此突然，哪吒和沉香来不及施救，豆丁就已被那道口子完全吞没了。再看那只小狗时，小黑狗却突然化作一团猛烈的旋风，夹杂着雨点般的石块向哪吒和沉香横扫过来，打得他们眼睛都睁不开，连连后退躲避。

狂风过后，周围又恢复了平静。

哪吒和沉香揉了揉眼睛里的沙尘，慢慢睁开眼睛。此时小黑狗已不见了，地上的裂缝也已经合上，像什么事也没有发生过一样，只是豆丁不见了。

"这可怎么办呢？！"沉香急得满头大汗。

"唉，都怪我多事，好端端的带他来找什么红孩儿！"哪吒满脸懊恼。

"你猜那是什么妖怪，这么厉害，竟然可以在我们的眼皮底下把豆丁给掳走了？"沉香问。

"我也搞不清楚。"哪吒挠着头皮说。

"你说豆丁会不会已经被那妖怪给吃掉了？"沉香问。

"要是那样就惨啦！"哪吒说，"本来只是想带他来玩玩，没想到却害了他！"

"咱们还是赶紧找个人打听一下，看究竟是何方妖怪抓走了豆丁，再想办法去救他吧！晚了恐怕就来不及了！"沉香说。

"这样子吧，我们先去找红孩儿，他也许知道是谁抓了豆丁，这毕竟是他的地盘！"哪吒说。

"也只能如此了！"沉香耸耸肩说。

于是哪吒和沉香腾云驾雾来到了火云洞。

三十五

红孩儿正在洞口练功，忽然看见天边飞来两朵彩云，他手搭凉棚看了看，认出了是哪吒和沉香，于是也踩着云朵迎了上去。

"是什么风把你们给吹来了？"红孩儿远远向哪吒和沉香招

呼道。

"哎呀！别说了！我们是专程来看你的，本来还有一个人界来的好朋友，打算介绍你们认识的，没想到刚进入你的地盘，就被不知道叫什么名的妖怪把他给抓走了！"哪吒握着红孩儿的手，焦急地说。

"什么？居然有妖怪敢在我的地盘上撒野？！真是岂有此理，胆大包天！"红孩儿气得鼻孔生烟，说，"你们赶紧带我去，看我怎么收拾它！"

"我们就是不知道它的藏身处！要是知道，哪还用得着麻烦你？！"哪吒说。

"那么，麻烦你们带我去出事地点实地察看一下，也许能发现什么蛛丝马迹。"红孩儿说。

"好！"哪吒说。

哪吒和沉香把红孩儿带到出事的山头。红孩儿绕着山峰转了两圈，却什么也没发现，最后只得把土地爷请了出来。

土地爷说，在红孩儿的治理下，这里原本很太平，没什么妖孽作乱，只是最近不知从哪里突然来了一个怪物，霸占了山腰的一个山洞。那妖怪自恃武艺高强，欺行霸市，搞得鸡犬不宁，人人恨之入骨，却敢怒不敢言！土地爷还透露说那妖怪刚刚才抓了一个人进山洞，估计被抓的人已凶多吉少了。

"肯定就是他了！"哪吒手一甩，狠狠地说，"麻烦你带我们去找那妖怪吧！"

"没问题，三位英雄请随我来！"土地爷骑着云朵把哪吒三人引到半山腰，指着悬崖上的一个山洞，说，"就是那里了，你们自行前往吧，我就告辞了！"

哪吒三人谢过土地爷，杀气腾腾地朝那山洞直捣而去。但等他们靠近洞前才发现，洞口有一张巨大的蜘蛛网，将洞口封得严严实实。哪吒上前用手拉了拉，能感觉到那网异常结实。于是，哪吒后退几步，尝试着用火尖枪把网戳开，但他使尽了吃奶之力，那网依然毫发无损，严实如初！

"让我来！"一旁看了半天的沉香再也沉不住气了，挥舞着开山大斧朝那网狠狠劈去。要知道，沉香这把斧头可是砍大山的呀！但那网只是顺着斧头的力道稍微往下沉了沉，随即立马又像弹簧一样反弹了回来。沉香使尽了浑身力气一连砍了十多斧，累得满头大汗，却无济于事！

最后轮到红孩儿了，他叫大家让到一边，然后张开嘴巴对着网"呼呼"地喷出三昧真火。他原以为凭他的三昧真火肯定能把那网烧成灰烬，但结果却让他大吃一惊！他的三昧真火对那张网竟然一点威胁都没有，熊熊烈火之后，那网依然如故！

正当哪吒三人对着洞口那张网无计可施时，那网却突然自动打开了，一个黑乎乎、毛茸茸的怪物从洞里蹦了出来！原来，哪吒他们在洞外的喧嚣声惊动了洞里的怪物。

那怪物一出来就指着哪吒他们破口大骂："你们这几个小无赖胆敢在此捣乱，看我怎么把你们抓去当下酒菜！"

哪吒他们没想到那怪物会突然跳出来，毫无心理准备，下意识地往后退了几步。当他们看清楚了怪物的模样时，不禁倒吸了一口凉气！齐声道："蜘蛛精！"

只见那怪物浑身长满了黑色绒毛，张着八只手，肚子又圆又大，形状像蜘蛛，却长着一个狼的脑袋。

对了！土地爷刚才说，这里原本太平，怎么突然来了这么个怪物呢？大家应该还记得前面发生的孙悟空用核弹炸镇元子的乾坤袖的事，这就是那只被核辐射污染了的蜘蛛。由于受到了核污染，这只蜘蛛迅速发生了变异，变成了怪物并来到这里。

"你是何方妖孽？胆敢在此作乱！抓了我的朋友！"红孩儿上前一步，指着妖怪呵斥道，"识相的赶紧把我的朋友放了，否则我把你给烤成灰炭！"

"就凭你们几个？"怪物瞟了红孩儿他们一眼，冷笑道。

　　"哪用得上我们几个！我一个人就可以摆平你了！"说着，红孩儿举起手中火尖枪朝妖怪胸口刺去。

　　那妖怪并不使用兵器，迎上前来，赤手空拳与红孩儿对战。只见它轻轻躲过红孩儿刺来的枪，手脚并举，铺天盖地地向红孩儿抓来。

　　红孩儿一枪刺空，顺势将枪对着妖怪伸来的两只手狠狠横扫过去。只听见"啪啪"两声，妖怪的两只手像砍萝卜一样应声落地。

　　红孩儿一看，不禁哈哈大笑，指着那妖怪说："你就这等本事也敢在本少爷面前撒野？本少爷今天把你的爪子全打折了，看你还敢造孽！"

　　但他话还没说完，被他打落在地的那两只手突然直直地跳了起来，像有生命似的，疯狂地向红孩儿扑过去，在红孩儿脸上乱抓乱挠！红孩儿毫无防备，被那两只疯手抓得措手不及！红孩儿心里一急，使出了三昧真火。

　　谁知那妖怪并不怕火，举着手一步一步向红孩儿逼近。红孩儿被逼得连连后退，慌乱中踩在了一块鹅卵石上，差点摔倒！

　　一旁的哪吒和沉香见状，赶紧挥舞着手中兵器上来助战，三人把那妖怪团团围住。

　　面对三位小将，那妖怪竟毫无惧色，只见他身体往地上一趴，身子一抖，八只手嗖的一声竟长出了各自的头和手，团团地护着身体，招架住哪吒他们的进攻。哪吒他们虽然有三个人，但却占不到半点便宜。

　　久战不下，哪吒心里焦急，摇身一变，化作三头六臂，挥舞着兵器朝妖怪雨点般打去；沉香也挥舞开山大斧对着怪物狂砍乱劈；红孩儿就更不用说了，因为这里毕竟是他的地盘，发生这种事情，已经让他觉得颜面尽失了，如果不把事情摆平，那就更没法向

⊙ 红孩儿的三昧真火，对那张网竟然一点威胁都没有。

朋友交代了! 因此使出了浑身解数, 恨不得一枪将妖怪的肚子刺破! 但那妖怪却越战越勇, 每只手各自又长出了八只手, 把哪吒他们打得狼狈不堪!

哪吒知道这样僵持下去对他们不利, 于是瞅准了一个机会, 抽身跳出圈外, 试图冲进洞去救豆丁。

但那妖怪却机灵得很, 见哪吒要往洞里冲, 即刻腾出了两只手来将哪吒拦住。哪吒被那两只手死死纠缠着, 进不得半步, 更可恶的是, 那妖怪的手可以无限地伸长, 无论哪吒怎么绕, 都甩不开它们。

情急之下, 哪吒突然想到了沉香的宝莲灯, 于是对着沉香喊道: "沉香, 赶紧用你的宝莲灯啊! "

沉香又何尝没想到宝莲灯呢? 只怪他自己嫌宝莲灯笨重, 不愿意带在身边, 离开花果山时, 把它放在了妈妈的手提袋里! 但那妖怪一听见宝莲灯三个字, 立马收起手脚, 飞入空中, 像是要逃似的。

哪吒他们不知是计, 在后面紧追不放。

妖怪见哪吒他们追来, 冷笑一声, 停在半空, 在自己的肚子上拍打了三下。霎时, 从妖怪的肚脐里喷出一团白色物体, 那白色物体一遇到空气, 立刻化作一张巨大的网铺天盖地向哪吒他们罩来。

哪吒他们见状, 大呼不妙, 转身躲避, 但为时已晚! 他们像麻雀一样被牢牢地网住了, 任凭他们怎么挣扎都无济于事, 最后束手就擒。

妖怪像提一袋大西瓜似的将哪吒他们提进洞中, 把他们连人带网一起捆绑在一根石柱上。然后拍拍手上的尘土, 指着哪吒他们呵斥道: "你们给我老老实实待着, 否则把你们当下酒菜吃了! "说完就出去了。

哪吒他们被捆绑在网袋里, 一开始还拼命挣扎叫骂, 但后来发现这一切都是徒劳的，这网袋比刚才封在洞口的那张网还要牢固！

"唉，难道我们就毁在这里了吗！"红孩儿叹了口气道。

"唉，就是啰！我妈见我这么久都没回去，肯定担心死了！"沉香一副垂头丧气的样子。

"唉！我说，你们别这么灰心好不好？正所谓天无绝人之路，我们堂堂大仙，怎么可能毁在一个妖怪手里呢？邪不能胜正，只要我们开动脑筋，想想办法，肯定能找到逃出去的办法的！"哪吒鼓励大家道。

"你们几个小鬼别再嘀咕了！我要准备晚饭了。"那妖怪不知什么时候又回来了，手上还提着一把菜刀。只见他轻轻地摸着自己的下巴，贪婪地打量着哪吒他们，好像在挑选什么似的。

"你想干什么？"哪吒瞪着妖怪说道。

"哈哈！我想干什么？告诉你们吧，从今天开始，我要一天一个把你们吃掉！"妖怪说。

"你敢？你这妖怪！"沉香骂道。

"有什么不敢？你们已经是我锅里的肉了，难道我还会怕你们不成？"妖怪冷笑道。

"你告诉我，先前被你抓来的那个小孩现在在哪里？他是不是已经被你吃掉了？"哪吒说。

"他？还早着呢！"妖怪说，"我要把他留给我的儿女们当面包吃！"

"什么意思？"听说豆丁还没有死，哪吒又惊又喜。

"我已经将他和我的卵一起做成了茧，等我的卵孵化了以后，他就是我孩儿们的第一顿饭了！"妖怪说，"而你们现在就是我的午餐了！哈哈哈哈！"妖怪说完，哈哈大笑。

三十六

妖怪绕着哪吒他们转了一个圈，发现三人当中红孩儿最为肥嫩，忍不住咽了一口唾沫，指着红孩儿说："我要先吃你这个小胖子！"

说着，妖怪的几只手都张开了，一只手把网打开，一只手握着菜刀，一只手紧捏网口，再伸出一只手进网里抓住红孩儿的腿，使劲地把他往外拽。

红孩儿虽然不怕死，但妖怪那丑陋、恐怖的模样，实在叫他毛骨悚然，因而下意识死死揪住网绳，说什么也不肯出来。

哪吒和沉香也生怕红孩儿被抓去吃掉了，在一旁牢牢拖住红孩儿不放。

妖怪见拉不出红孩儿，心里一着急，把菜刀丢在一边，腾出所有的手，抓住红孩儿的头、手、脚、腰等部位，使劲往外一拽，活生生地把红孩儿给拽了出来。

红孩儿是被拉出来了，但网却完全敞开了大口。哪吒和沉香一看机会来了，一古脑地蹿了出来，逃出了山洞。

妖怪见哪吒他们逃跑了，气得浑身发抖，手足无措，一把将红孩儿塞回网兜里，转身去追赶哪吒和沉香。

哪吒和沉香刚逃出洞口，就见那妖怪气势汹汹地紧追而来。

"你——怎么——不——不用你的——宝——莲灯呢？"哪吒扯着沉香的袖子边跑边问。

"我——我的宝——宝莲灯留——留在我妈妈那里了！"沉香肠子都悔断了说。

"那——可怎——么办?"哪吒道。

"我——去妈——妈那里取——吧!"沉香边跑边回头说。

"看——看来也——也只能这——这么办了!"哪吒说,"我——我拖住这妖——怪,掩护你——你回——去——取宝——莲灯!"

"好的——不过你一定要小——心!"说完,沉香跳上云端,回花果山找妈妈取宝莲灯去了。

沉香一走,哪吒立马回过身来,摆开架势,挡在路中间,独自迎战追来的妖怪。

妖怪追上前来,二话不说,一声"变",举着八八六十四只手,对着哪吒没头没脸地狂抓狂打。

哪吒可也不是等闲之辈!他也道一声"变",随即化作三头六臂,手中火尖枪舞得跟风车似的劈劈啪啪响,把妖怪伸来的手打得七零八碎!但让哪吒始料不及的是,妖怪的手被打掉后,仅一眨眼工夫,立马又长出了新的手!而且更为可怕的是,那些被打落在地的残肢断臂竟然也有自己的生命!化作一只只小怪兽,爬起来对着哪吒疯狂地撕咬。这样,哪吒打落妖怪的手越多,他要应付的妖怪数量也就越多,直到最后,妖怪多得像苍蝇似的,把哪吒围得密不透风。哪吒被包围在中间,左冲右突,无论如何也冲不出来,最后,体力耗尽,被妖怪抛出一张网套住,抓回了山洞。

妖怪把哪吒和红孩儿分别绑在两根柱子上。

"这回看你们怎么逃!"妖怪习惯性地拍拍手,指着哪吒说,"我进厨房把水烧开了,再回来抓你进去蒸了吃掉!我要先吃掉你!看你还敢逃?!"说完转身就进厨房了。

"沉香呢?"见不着沉香,红孩儿既好奇又担心,悄悄问哪吒。

"沉香找他妈妈取宝莲灯去了!"哪吒说,"等他取宝莲灯回来后,估计就可以收拾这妖怪了!"

"果真如此，咱们就有救了！"红孩儿仿佛看到了希望，欣慰地说。

　　"是啊！所以目前我们所要做的是想尽一切办法拖延时间！"哪吒说。

　　"嗯！有道理！"红孩儿点点头说。

　　不一会儿，妖怪吹着口哨从厨房出来了。他走到哪吒身边，不怀好意地笑着说："嘿嘿！我马上就要吃掉你了！看你还敢逃？！"

　　红孩儿听说妖怪要先吃哪吒，急忙抢着说道："妖怪，你刚才明明说是要先吃我的，怎么改变主意了呢？"

　　"是的，我现在要先吃他！"妖怪说。

　　"为什么？"红孩儿问。

　　"因为他比较调皮，诡计多端，留着他我不放心！"妖怪说。

　　"先吃我吧！我比他狡猾的！"红孩儿拍着自己的胸口说。

　　"去去去！就你这个肉样，能狡猾到哪里去？！"妖怪摆摆手说，"我主意已定，不要再争了！"

　　"你这臭妖怪，说话不算数！"红孩儿指着妖怪破口大骂。

　　"我就说话不算数了，你又能拿我怎样？！"妖怪死皮赖脸地说。

　　"别跟他吵了！与妖怪讲诚信，岂不是与虎谋皮？！省口气吧！况且，他果真先吃你，我也不肯！"哪吒说。

　　"嘿！我说你们这两个小鬼葫芦里究竟卖的是什么药？居然争着要被我吃？如此不怕死的人我还是头一回见，佩服！佩服！"妖怪说。

　　"我们身上有毒，吃死你！"哪吒说。

　　"吃不死也吃得你拉肚子！"红孩儿接着说。

　　"哈哈哈！"妖怪大笑道，"我不信这世界上还有比我更毒的东西！告诉你们吧，我的名字叫狼蛛，我体内的毒素可以化解任何毒药，任何毒药对我都是无效的，懂吗！好了！废话少说，跟我来吧!"说完提起哪吒就往厨房里走。

"先吃我!先吃我吧!"红孩儿在后面拼命地喊,"臭妖怪,鼻子长,说话不算数!"

妖怪摸摸鼻子,回头对着红孩儿做了个鬼脸说:"鼻子没有长!"

妖怪把哪吒拖进厨房,往地上一扔,揭开一口大锅,只见锅里满满是翻滚着的开水。妖怪在锅里放了一个大蒸架子,然后把哪吒放在蒸架上。刚被放上蒸架,哪吒就已感受到锅里蒸腾上来灼热的水蒸气了。摆弄好后,眼看妖怪就要盖上锅盖了。哪吒忽然灵机一动,说:"慢,我要尿尿!"

"就要死的人了,还尿什么尿!就这样吧!"妖怪说。

"哎呀!我是怕尿脏了你的锅呀。"哪吒说。

妖怪想了想,觉得有道理。于是把哪吒放了下来,"赶紧尿吧,免得浪费了我的柴火!"

"你看着我,我尿不出来!"哪吒说。

"死到临头了还害羞?!好吧,成全你!"说着,妖怪转过身去,背对着哪吒,"尿好了告诉我!"

"好嘞!"哪吒一副懒洋洋的样子道。

妖怪等了好长一会儿,仍不见哪吒说好,很不耐烦,瓮声瓮气道:"好了没有?"

"好了!好了!别急嘛!已经是你锅里的肉了,还在乎这一会儿?!"哪吒也没好声气地应道。

"我肚子饿了!"妖怪说,"好了就赶紧回锅!"说着,拎起哪吒就要放回锅里去,但哪吒又说:"慢!"

"你又有什么事呀?"妖怪无奈地摇摇头说。

"我要拉屎!"哪吒说。

"唉!我说你这孩子有完没完?刚撒了尿又要拉屎!"妖怪恼怒道。

"嗨! 屎尿是一家嘛! 不过, 如果你不在意的话, 我就拉在你的锅里吧!"哪吒做出拉屎的样子。

妖怪一听, 吓得连忙制止道:"等等!"边说边把哪吒放了下来,"反正你是逃不掉了, 让你多磨蹭一会儿又何妨!"

哪吒对着妖怪伸伸舌头, 做了个鬼脸。

这回妖怪也不急了, 把哪吒牵到茅房, 绑在柱子上,"慢慢拉吧! 我先去查看一下我孩儿们那边的情况!"说完, 就到孵化房去了。

妖怪把裹着豆丁的茧仔细地检查了一遍, 感觉一切正常, 满意地点点头, 背着手四周再巡察了一圈, 才淡定地回茅房把哪吒牵回厨房。

"这回没有屎尿了吧? ! "妖怪冷笑着说,"若没什么别的事就上锅了!"

"上就上啰!"哪吒噘着嘴, 一副无所谓的样子说。

妖怪把哪吒重新放在架子上, 盖上盖子, 往炉灶里加了一把柴火, 把火烧得轰轰响,"一会儿就有肉吃了!"妖怪咂咂嘴, 自言自语道。

哪吒被困在锅里, 下面是熊熊烈火, 锅里的水被烧得上下翻腾, 水汽弥漫。哪吒感觉像是在桑拿房里一样, 汗像水似的哗哗地直往外流。刚开始, 哪吒并不害怕, 也不觉得怎么难受, 反正已很久没有这样子出汗了, 出出大汗还是挺舒服的嘛! 而且他相信, 沉香很快就能来救他们出去了! 但时间长了之后, 由于出汗过多, 体内缺水, 哪吒开始觉得口干了, 浑身不舒服。哪吒伸了伸脖子, 尝试着挣扎了一下, 但没有用, 网袋牢牢地绑在架子上, 动弹不得。又过了一会儿, 哪吒觉得胸口像是被一块巨石压着, 闷得难受, 开始呼吸困难了。哪吒这才意识到问题的严重性, 才感觉到恐惧和惊慌, 在网里使劲地挣扎。但他越是挣扎, 胸口就越是闷得厉害, 呼吸就越急促。最后, 哪吒感觉浑身乏力, 身体好像不是自己的一样，一点儿力气都没有了，并且渐渐陷入昏迷，神志不清了。

"难道我真的天命已尽了吗？"哪吒昏沉中对自己说，"难道我真的要死在这里了吗？！"

哪吒感觉到自己的身体飘呀飘，飘呀飘，飘到很远很远的地方，最后终于完全失去了知觉。

三十七

妖怪往炉灶里加了一把柴火，然后又到孵化房料理了一下自己的卵。看着那些晶莹剔透的卵，想着自己很快就儿孙满堂了，不禁喜上眉梢。但就在他扬扬得意之际，忽然洞口传来轰的一声巨响。妖怪被吓得手一哆嗦，手中的卵扑通一声掉在了地上，碎了。妖怪捧起地上的碎卵，悲痛欲绝，大吼一声："是谁在找死？！"

"是我！"门口传来洪亮的声音。

妖怪顺着声音望去，只见一个小伙子手捧宝莲灯噔噔地冲了进来，原来是沉香从花果山取宝莲灯赶回来了。

"呀呀呸！拿命来！"一见到沉香，妖怪怒火中烧，发疯似的朝沉香冲了过去。

沉香不慌不忙，举起宝莲灯对着妖怪喊道："超能神灯！"霎时，宝莲灯射出万道霞光，把妖怪团团罩住。

妖怪被神灯罩住，左冲右突，却怎么也冲不破神灯的法力。宝莲灯射出的一道道霞光，带着巨大的能量，像激光炮一样轰向妖怪。妖怪挣扎了一阵子，最后浑身膨胀，随着一声撕心裂肺的绝望的嗥叫,轰的一声,炸得粉身碎骨!

除去了妖怪,沉香冲进大厅,用宝莲灯对着捆绑住红孩儿的网,大喊一声:"超能神灯!"话音刚落,那网嘣的一声裂开,红孩儿破网而出。

"快!快去救哪吒!"红孩儿刚一着地,还没来得及站稳,就迫不及待地说。

"哪吒在哪里?"沉香问。

"在厨房里!"红孩儿顾不得多说了,直奔妖怪的厨房。

"他在厨房干什么?"

"别问这么多了,去了再说吧!"

沉香跟着红孩儿冲进了厨房,一进厨房,迎面就看见了那口直冒青烟的大锅!红孩儿二话没说,跳过去揭开锅盖,只见哪吒静静地躺在蒸架上,已不省人事了。

红孩儿把哪吒抱了出来,将他扛到大厅,安放在通风处。沉香随即用宝莲灯将绑着哪吒的网打开。

"哪吒,你醒醒!你醒醒呀!"沉香和红孩儿抓着哪吒的肩膀使劲摇晃,试图将他唤醒,但哪吒却毫无反应,一动不动。

"怎么会这样?!"沉香急得满头大汗,"这可怎么办呢?"

"还是让我问一下土地爷吧,他年纪大,有经验,也许知道怎么办。"红孩儿说。

红孩儿把土地爷招来,问他有没有办法救醒哪吒。土地爷给哪吒把了一下脉,摇摇头说:"恕小神无能为力!"

"看来只能找大圣相助了!"沉香说,"此事是瞒不住他的啦!刚才我回去取宝莲灯时还故意躲着他呢!"

"也只能如此了!"红孩儿说。

"你留在这里照看哪吒,我再跑一趟花果山。"沉香说。

"去吧!路上小心,快去快回!"红孩儿说。

"放心吧!"说完,沉香驾起云朵回花果山找大圣去了。

孙悟空见到沉香，第一句话就是："沉香，豆丁送回去了没有？"

"哎呀，大圣，不好了，出事了！你赶紧随我来吧！"沉香抓着孙悟空的手说。

"发生什么事了？"见沉香急成那样，孙悟空心头掠过一丝不祥的预感。

"先别问，救人要紧，快随我来，回头再与你解释！"沉香不由分说拉着孙悟空就走。

沉香把孙悟空带到出事地点。看到躺在地上的哪吒，孙悟空也大吃一惊，二话没说，上前快速翻开哪吒的眼帘看了看，问道："怎么会弄成这样子的？"

于是沉香将事情经过一五一十地告诉了孙悟空。

"你们这些顽皮鬼！"孙悟空用手轻轻地敲了敲沉香的额头，摇摇头道。

"是我们不好！求你想想法子，救救哪吒吧！"沉香央求道。

"算他命大，这次并无大碍，只是过分脱水，虚脱了而已，只要输一下液，打一瓶点滴就好了！"孙悟空说。

听了孙悟空的话，沉香和红孩儿忍不住破涕为笑，道："那就赶紧吧！"

"别急！别急！容我慢慢来！"孙悟空边说边拔了几根毫毛，吹了一口气，说声变，那毫毛变出了几样物件：瓶子、铁架、小胶管、针头。孙悟空把瓶子递给沉香："去，到山外的小溪装一瓶清水过来！"

"好的！"沉香接过瓶子，噔噔噔地去了。

"来，帮忙把哪吒扶好，把他的袖子捋起来。"孙悟空向红孩儿招招手说。

不一会儿，沉香端着满瓶子的水气喘吁吁地跑回来了。孙悟空就用沉香取回来的溪水，利用刚才毫毛变出来的工具就地给哪吒输液。

哪吒缺水实在太严重了，一连输了三瓶水，才慢慢地苏醒过来。

哪吒刚一睁开眼睛，就喊道："豆丁，豆丁呢？"

"是，豆丁呢？"孙悟空这才发现豆丁不见了。

"我知道他在哪！"红孩儿说，领着孙悟空和沉香朝妖怪的孵化房走去。

他们一进到孵化房，不由得被眼前的情景吓得瞠目结舌！孵化房上上下下挂满了妖怪产下的卵，有的卵已经孵化，刚孵化出来的小狼蛛满屋子乱跑。在孵化房的主梁上，挂着一个用白丝结成的茧。

"豆丁就在那个茧里头！"红孩儿指着屋梁上吊着的茧说。

"让我来救豆丁！"沉香跳出来，举起宝莲灯念道："超能神灯！"话音刚落，宝莲灯射出的蓝光"啪"一声将茧击破，豆丁应声破茧而出！从屋梁上掉了下来。

孙悟空眼明手快，一把将豆丁接住，稳稳地放在地上。还好，豆丁除了受了点惊吓外，并无大碍！

"这地方绝不能留了，让我来毁掉它！"红孩儿说，在鼻子上打了三拳，对着孵化房喷了一串真火，霎时，整个孵化房淹没在一片火海之中。

"走吧！"看着熊熊燃烧的火海，孙悟空突然想起当年红孩儿烧自己的情景，不由得打了寒战。

孙悟空他们走出大厅时，哪吒已输完了最后一瓶液，身体完全恢复了。

"没事了吧？你这小子！"孙悟空摸着哪吒的脑袋说。

"没事了，多谢大圣的救命之恩！"哪吒拱拱手说。

"唉！客气啥！"孙悟空按了按哪吒的手。

"我们赶紧离开这里吧，孵化房的火很快就会烧出来了！"红孩儿说。

"那就走吧!"孙悟空说。几个人快步冲出了山洞。

走到洞口,红孩儿转身又对着山洞喷了几口真火,洞里的一切顷刻间化为了灰烬。

"唉,我说豆丁,你被那个妖怪作的茧困了这么长时间,怎么一点儿事也没有,按理,你们凡人是不可能憋得了这么久的呀!"哪吒问豆丁。

"我也不知道!我被困在里头,虽然呼吸不了空气,但却感觉不到有什么不舒服。"豆丁说。

"这就怪了!"哪吒嘀咕着说。

"别嘀咕了,赶紧送豆丁回人界吧,晚了就来不及了!"孙悟空拍了拍哪吒的后脑勺说。

"对,得赶紧!"哪吒说,转身对红孩儿说,"时间紧迫,这次咱们就不去你家玩了!"

"没问题,下次吧!"红孩儿说,"反正大家都已见过面了。"

"那就再见了!"豆丁和沉香一一上前和红孩儿握手道别。

"有空来玩啊!"红孩儿抓着豆丁的手说。

"好,一定!"豆丁看着红孩儿那张可爱的脸,心想,跟小人书里头的一模一样。

"再见!"红孩儿说。

"再见!"

"记住,这回可不能再生出什么乱子了!"孙悟空叮嘱道。

"遵命!"哪吒向孙悟空立正,敬了个礼说。他的滑稽动作把大家逗得哈哈大笑……

⊙ 豆丁看着红孩儿那张可爱的脸想，跟小人书里一模一样。

三十八

豆丁睡得正酣,突然被一阵激烈的、湿漉漉的亲吻惊醒,睁开眼睛一看,发现原来是大黑在舔他的脸。豆丁一个鲤鱼打挺坐了起来,一掌推开大黑:"你想干什么?!"

"看你急成什么样子了?!"大黑摇摇头说,"我在唤醒你而已,还能干什么?!"

"唤醒我就唤醒我呗!干吗要用舌头舔我的脸?"豆丁嫌弃地看着大黑说。

"我这不是怕惊动其他人嘛!"大黑说。

"吃屎没有?"豆丁用手揩了揩被大黑舔过的脸,厌恶地问。

"没有!"大黑憋着笑说。

"真没有?"豆丁用怀疑的目光看着大黑。

"今天没有!"大黑终于忍不住笑了出来。

"敢戏弄我!我打死你!"豆丁跳下床找来铁锹要去追打大黑,吓得大黑赶紧逃了出去。

这时门外传来妈妈的声音,豆丁连忙收住脚步,冲到床边,把玉葫芦的盖子盖上,塞进了被窝。他刚做完这些动作,妈妈就来到他房门了。

"丁丁,你刚才在跟谁说话呀?怎么这么吵呀?"妈妈探头进来问。

"没有呀!我在朗诵课文而已!"豆丁说。

"朗诵课文怎么拿着铁锹?"妈妈疑惑地在他房间上下左右

看了看，问。

"我在学课文里描述的动作！"豆丁冲着妈妈比划了一下手中的铁锹说。

"小心点，别弄伤了自己。"妈妈嘀咕着离开了豆丁的房间。

看着妈妈离开的背影，豆丁长长地吁了一口气，搓着胸口自言自语道："还好，幸亏没被妈妈发现玉葫芦，否则可要泄露天机了！"说着，又爬回床上，打算和葫芦里的哪吒打个招呼，感谢他在天界的招待。谁知，正当他刚掏出葫芦时，大姐冷不丁闯了进来。

"你这傻孩子，在跟谁说话呢？"大姐大声问道。吓得豆丁赶紧把葫芦塞回了被窝。

"没有啊！"豆丁辩解道，"我没说什么呀！"

"还说没有，我明明听见你说什么'幸亏没被爸爸妈妈看见'，说，到底藏着什么见不得人的东西了！"姐姐假装生气的样子，伸手捏住豆丁的耳朵，审问道。

"痛！姐姐，不要！"豆丁哀求道。

"你告诉我藏什么在被窝里了，我就放手！"姐姐说。

"真没有！姐姐！"豆丁坚持道。

"哼！你不肯说我就自己看！"姐姐边说边做出要掀豆丁被子的动作。

"别！姐姐，别！"豆丁死死抓住姐姐的手说，但他哪有姐姐力气大，眼看姐姐就要把被子掀开了，情急之下，豆丁大声喊道："我没穿裤子！"

姐姐一听，脸唰地红到了耳根，一甩手："坏蛋！不理你了！"转身去了。

豆丁对着姐姐的背影做了个鬼脸。

由于是假期，早上起床后，豆丁如常来到后山放牛。如今，大家虽然把老黄牛当作神一样供奉着，但豆丁还是每天都要带它出来放放风，吃几口新鲜的嫩草。老黄现在是只吃不干活了，因此养得圆滚滚的, 浑身发亮。大黑也跟着来了。上回孙悟空上了它的身, 害得它惹了一身的麻烦, 心灵遭受了严重的创伤。随着时间的推移, 大黑心灵的创伤已渐渐抚平, 周围的人以及别的狗呀, 猪呀等, 也已淡忘了它的过去, 重新接纳了它。所以大黑现在又恢复了自信, 生活也渐渐恢复了正常。

阳光下, 老黄悠悠地吃着溪边嫩绿的水草, 大黑依旧东奔西突地追逐着蝴蝶、蚱蜢。

豆丁仰卧在溪边的草丛中, 嚼着一根毛根草, 出神地凝视着天空, 回味着在天界的惊险遭遇。"多玄、多险呀!"他心有余悸地挠挠脑勺。

是, 昨夜在仙界的遭遇是够险的! 但豆丁并没有意识到, 眼下他正面临着一个更大的危险和考验——正当他悠闲地凝望着蓝天时, 一双阴险的眼睛正密切地注视着他的一举一动, 两只邪恶的魔爪正伺机伸向他。

靠装神弄鬼欺骗乡亲过上滋润日子的莫半仙, 自从遇到了豆丁后, 他骗人的把戏被豆丁拆穿了, 从此跌下了神坛。村民们看清楚了他的真面目, 知道他是一个没有真本事的骗子, 因而将他赶出了村庄。他现在只能靠讨饭过日子了。莫半仙对豆丁恨之入骨, 一直伺机报复! 等待机会重树他在神坛上的地位。而且他坚定地认为, 解铃还须系铃人, 要重树自己在神坛上的地位, 必须从豆丁入手!

为了弄清楚豆丁的底细, 莫半仙已跟踪豆丁好长一段时间了, 他想弄明白, 豆丁究竟是凭什么法宝降妖除魔的。经过一段时间的明察暗访, 莫半仙终于搞清楚了——问题就出在豆丁腰间的那个小葫芦上! 于是, 一个阴险的计划在他脑袋里萌发了。

莫半仙决定要与被压在飞来石下的大蛇做一笔交易。莫半仙知道, 要与那妖蛇做交易, 无疑是与虎谋皮! 弄不好会赔了夫人又折兵! 甚至还会搭上小命! 所以必须得小心谨慎。他找了个机会, 悄悄来到镇压大蛇的飞来石前。由于听说蛇有很强的吸附力, 能把周围的东西轻而易举地吸进口中,所以莫半仙不敢太靠近那石头,只是远远对着蛇喊话。

"喂! 蛇仙在吗? "莫半仙一连喊了几下,那蛇才慵懒地探出头来。只见那蛇头有箩筐般大,乍一看,把莫半仙吓得一连后退了好几步。

这么多年来,头一回有人来看望自己,而且还称呼它为蛇仙,大蛇深感好奇和期待,心想,难道当年唐僧解救孙悟空于五指山的故事要重演了? ! 于是大声问道:"你是何人? 来此何事? "

莫半仙连忙上前一步,嬉皮笑脸地说:"蛇大仙,我是山下的莫某人,人称莫半仙,今日到此,主要是想与您商量一件合作的事。"

"你想与我合作? "大蛇警觉地看着莫半仙问。

"正是! "莫半仙说。

"如何合作? "大蛇问。

于是莫半仙把他的计划详细地与大蛇说了一遍。

"嗯! 听起来不错! 可以合作! "大蛇说,"那就请你赶紧把贴在石头上的神符揭开,放我出来吧! "

"稍等,待我办妥了一件事情后再回来放你出来。"莫半仙说。

"直接放我出来不就行了吗? 还要等什么? ! "大蛇不耐烦地说。

"你有所不知,村里有个小孩叫豆丁,他手里有个宝物,专门用来对付你们,我必须先把那个宝物弄到手,否则即使你出去了也没用,早晚他的宝物会把你给收了! "莫半仙说。

"哦! 前些日子一个本族的小弟来探监时,提及过此事,当时我还不太相信,听你这么一说,看来是确有其事了! 那你就赶紧办你的事去吧! 办妥了再回来找我! "大蛇装出一副并不焦急的样子说。

三十九

夏天，那条清澈的山溪是村里小朋友们的乐园，每天从中午开始，这里就变成了欢乐的海洋，大大小小的孩子们聚集在这里，游泳、戏水、抓鱼，欢笑声、追打声、哭喊声，好不热闹！

这天，放学回家，快速地吃完午饭，豆丁又背起书包兴冲冲地出门了。

"这么早就去学校了？"母亲从厨房里探出头来问。

"他才不是去学校呢！他是去溪里游泳！"小姐姐在一旁说。

豆丁回过头去对着姐姐伸了伸舌头，做了个鬼脸。

"刚吃饱饭就去游泳？这样对身体不好！"妈妈说。

"我不下水游泳，我只是在岸上看他们游！"豆丁说，说完头也不回地朝那条熟悉的山溪直奔而去。

还没到溪边，豆丁就已边跑边脱衣服了。冲上堤坝，豆丁把衣服、书包往岸边的石块上一扔，扑通一声跳进了清凉的溪水中，和早已等候在水中的伙伴们打成一片！直到快要上课了，豆丁和小伙伴们才依依不舍地爬上岸来，蹦蹦跳跳地甩干身上的水珠，各找各的衣服穿上，回校上课。当豆丁穿好衣服，习惯性地往腰间摸去时，才惊愕地发现葫芦不见了！这可把他急坏了！他四下找遍了，始终不见葫芦的踪影！

"是谁拿了我的葫芦？！"豆丁又急又气，大声喊道。但此时溪边只剩下他一个人了，真所谓叫天天不应，叫地地不灵！眼看就要上课了，无奈之下，豆丁唯有选择先回学校。

⊙ 莫半仙趁豆丁在溪里洗澡的时候把葫芦偷走了。

"也许是哪个同学恶作剧把葫芦拿走了，想戏弄一下我而已！说不定他们已经把葫芦放在我课桌的抽屉里了！"豆丁边往学校跑，边自我安慰道。

但现实并没有像他所想的那样！他并没有在课桌的抽屉里找到他的葫芦！下课后，一连问了好几个平时最喜欢与他恶作剧的同学，他们都说没拿！就这样，玉葫芦不见了！

自从玉葫芦消失了之后，就像是打开了潘多拉之盒，怪事接连发生！先是烂头禾家的母猪无缘无故不见了，接着是蝴蝶狗的相好——斑点狗也失踪了，再接着就是王老全的女儿上山割草，不知怎的，却一去不复返，再也没有回来了。为此，村民们上山寻找了好几天，却只找到了一把镰刀和一只鞋。一时间，山村笼罩在一片恐怖之中！大家纷纷猜测，众说纷纭，村民惶惶不可终日！

为了找出原因，消除恐怖和威胁，村长召集全体村民开会，共商对策。会上，大家首先想到的是山里可能出现了老虎或豺狼。但详细分析之后，大家觉得出现妖怪的可能性会更大些。如果是豺狼虎豹的话，它们在捕食牲畜或村民时，多多少少会留下一些血迹或骨头残渣之类的痕迹！

于是大家决定成立一个降魔除妖行动小组，村长任组长，副村长任副组长，成员包括村里的保长、族长、出纳等，由于前段时间豆丁在除妖方面的超人表现，尽管他年纪不大，大家还是一致推荐他为降魔除妖领导小组的先锋官，负责制订降魔除妖的行动方案以及找出妖怪的藏身地点，并除掉它。

豆丁听说村里要委派他为降魔除妖的先锋官，急了，说什么也不应承。

"村长，这个先锋官我不能当。"豆丁说。

"为什么？"豆丁的回答让村长大失所望，瞪着豆丁问。

"我没本事担此重任！"豆丁坚决地说。

"上次你除妖的本事大家是有目共睹的呀！怎么说你没这本

事呢?!"村长说。

"上次归上次! 这次我真的不行!"豆丁说,心想,上次是因为有玉葫芦和孙悟空相助,但现在葫芦和孙悟空都不在身边,我凭什么去抓妖怪呀?!

"哎呀! 我说豆丁老侄,你就别推让了!"村长以为豆丁是故作姿态,假装推让,以抬身价,因而一再恳求道:"你就担起这个重任,当是给乡里造福吧!"

村长话已说到这分儿上了,而自己又不能说出拒绝的缘由——担心泄露天机,所以豆丁只好硬着头皮答应了! 但他心里头可是七上八下,一点儿底也没有!

事情就这么定下来了。大家都把希望寄托在豆丁身上,同时也正因为有了豆丁,大家心里都感觉踏实了许多。

但豆丁心里清楚,没有玉葫芦,他是一点儿办法也没有! 所以,他一边抓紧时间寻找葫芦的下落,希望能尽快找回玉葫芦;一边暗暗祈祷,祈祷不要再出什么乱子了。但现实往往事与愿违。

这天早晨,烂头禾如常到菜地浇菜。这几天,他心里特别憋屈,家里的母猪竟无缘无故地失踪了,他一直琢磨着,是谁这么大的胆,竟敢在太岁头上动土。他一个个地怀疑,一个个排除,最后,他觉得豆丁家的那只黑狗嫌疑最大! 上次那畜生试图调戏他家的母猪,咬了他家母猪的屁股一口,后来因为抢屎吃,被他家的母猪拱得重重地摔了一跤! 那狗必定是因此怀恨在心,打击报复! "肯定是那畜生把我家的母猪给谋杀了!"他想,但无凭无据,也不好说什么,唯有暂时忍气吞声,等待时机为母猪报仇。

烂头禾来到溪边,四周空荡荡的,没有一个人影。周围大大小小的山峦连成一片,隐隐约约的弥漫在雾气中,像人,又像怪兽,使人仿佛置身魔鬼地域。

走着走着,烂头禾心里不禁打了个寒战! 以往他很少这么早起,只是近来由于母猪不见了,心情烦躁,睡不着,所以起得早了一点而已。但没想到就这么偶尔地起一次早,竟给他带来了巨大的灾难!

烂头禾卷起裤脚,开始下溪挑水浇菜。早晨的溪水冰凉透骨,使他本已恍惚的心情,更加瘆得慌!菜地就在溪边的山坡上,并不远,加之烂头禾心里发慌,节奏加快,不一会儿就跑了几个来回了。当他浇完了第四担水,回到溪边准备再装水时,溪中央突然卷起了一个大大的漩涡。烂头禾先是被吓得往后倒退几步,但紧接着转念一想,觉得那可能是一条大鱼!心想,要是能抓住这条大鱼,那就发达了!利欲之心最终战胜了恐惧,他扔下水桶,脱掉衣服,取下别在腰间的一把镰刀,站在岸边观望了一阵子,他要确认那是否真的是一条鱼。

这时,溪中间又卷起了一个漩涡,这个漩涡比先前的那个还要大许多,而且这一次,他似乎看见了鱼黑乎乎的背!没错!肯定是鱼了,而且是一条巨大的鱼,这么大的鱼在这么窄的溪里,连身子都转不了,他只要用镰刀就能将鱼砍死擒获。

他越想越兴奋,于是不顾一切跳下水去,朝着漩涡卷起的地方蹚过去。到了,到了,差不多到了,这时又一个漩涡卷起,看着就要到手的大鱼,烂头禾激动得浑身发抖,举起手中镰刀使尽浑身力气对着漩涡卷起的地方劈下去。由于用力过猛,烂头禾整个人朝前扑了个空,身体整个跌入了水中。随着一串水泡冒出水面,溪面涌出一股殷红的血水,但血水过后,却始终不见烂头禾浮出水面。

三天后,村里人才觉察到烂头禾失踪了,于是四下寻找,最后在溪边找到了他的衣物,烂头禾却活不见人,死不见尸!

烂头禾的失踪,使本已恐慌的村民更加惶惶不可终日。为了让村民能重新过上正常的生活,村长亲自来到豆丁家央求豆丁,希望他无论如何都要尽快破案。

没办法,豆丁只好硬着头皮,提着铁锹,带上大黑,山前山后漫无目的地找。本来,豆丁原以为凭着他能听懂动物的语言这一本领,可以很快从动物那里打听到究竟是什么妖怪以及妖怪的下落,但不知为什么，一提起妖怪，所有的动物都噤若寒蝉，除了浑身颤抖外，什么也不肯说。一连几天下来，都毫无进展。

四十

就在村民们提心吊胆、惶惶不可终日的时候，莫半仙回来了。他说他知道是什么妖孽在作怪，而且拍着胸口说只要他出手，不出三天定能将妖怪收服，还山村一个安宁。由于莫半仙的名声实在太差了，所以大家不但不相信他所说的话，反而将他羞辱一番，举起扫帚再次把他赶出了村庄。

本以为可以华丽回归，没想到却遭此大辱，莫半仙恼羞成怒，站在村头指着追打他的村民骂道："你们这帮不知好歹的蠢驴，别以为那个乳臭未干的豆丁能救你们，等着瞧吧，好戏还在后头，有你们苦头吃！到时我要你们用八个人抬的大轿来求我！"

果然，接下来的几天里，村里不仅一连丢失了几头牲畜，而且又失踪了几个小孩。这一下可把村长给急坏了，会上，他指着豆丁嚷道："你以前的本领都到哪儿去了？这么多天都过去，你竟连个妖怪的影子都没找着！而且还让妖怪连连作孽！荼害生灵！"那些丢失了小孩和牲畜的人家更是缠着豆丁，吵吵嚷嚷地求他快点找出妖怪，救回他们失踪的小孩和牲畜。

豆丁被他们逼得焦头烂额、走投无路，他把铁锹往地上一插，大声哭诉道："我都说我没办法啰！你们为什么要逼我？！"

"为什么？"豆丁的表现让村民们深感意外，他们面面相觑道。

"因为……"豆丁欲言又止。

"因为什么?"村民们连声追问。

"因为……我不能说!"豆丁揩着鼻涕道。

"你觉得他真有本事收服妖怪吗?"看着豆丁那副样子,村民们动摇了,一名村民问身边的人说。

"唉!够呛!"旁边的村民说。

"他那个熊样,别说妖怪了,就连只蚂蚁恐怕也踩不死!"另一村民搭腔道。

"我觉得也是,如果他真有本事,早就应该把妖怪找出来除掉了!"那村民说。

"既然这样,我看还是别浪费时间了,赶紧另请高明吧!"旁边的村民说。

"但除了他,我们现在还能请谁呢?!"另一个村民摇头说。

"前几天莫半仙不是说他知道妖怪的下落,而且有把握除掉妖怪吗?!"旁边那村民说,"为什么不请他回来试一试?!"

"就是呀,干吗不把莫半仙请回来?!"村民七嘴八舌说道。

"不过莫半仙也不一定真有这个能耐!"

"哎呀!请他来试一试总比现在束手无策地等死强呀!"

"那倒也是!村长,咱们还是请莫半仙回来吧!"

"对!请莫半仙回来吧!"大伙一致表示要请莫半仙回来。

其实村长也想到了要请莫半仙回来,但由于莫半仙已被大家赶出了村庄,一时半会儿的上哪儿去找他呢?村长一筹莫展!

会后,村长背着手,心事重重地走在回家的路上。路上,他一直琢磨着除妖的事。

从开会的地方回家有两条路可以走,一条是开阔的大路,一条是小路。比起大路,抄小路近很多,但必须经过一片长着茂密树林的山坡。在这个非常时期,安全起见,大家都宁可走远一点,选择大路走,不走小路。但也许是思考入神了,村长竟完全忘记了目前的处境,不知不觉地走进了树林里的那条小路。殊不知,正是走错了这一步,使他遭受了巨大的劫难。

这时天很黑,没有月亮,也没有星星,只有山风吹着黑魆魆的林木,发出如哭如泣的声音。走着走着,身后突然传来了"啪"的一声——大概是干树枝断落的声音,把村长从沉思中惊醒。村长这才意识到自己走错了路。

他抬头四周看了看,夜幕下,微风中,高高低低的灌木就像一个个张牙舞爪的怪兽向他挤压过来。他禁不住一连打了几个寒战,不由自主地加快了脚步。但还没走出几步,身后又传来了更大的"啪"的声音。村长警觉地扭头张望,还是什么也没发现,但他心里却有一种不祥的预感。为了驱散心头的恐惧,村长一边快步朝林外走去,一边像鸭叫一样大声唱起了山歌。也许是由于心中慌乱,加上天色太黑,村长竟在树林里迷失了方向,走了半天,都转不出这片平时熟悉的林子。

"为什么?为什么?难道真的是中了邪了!"村长心慌意乱,不住地问自己。

他的脚步越走越快,直到跑了起来。他不停地跑啊!跑啊!最后,累了,实在跑不动了,他靠在一棵大树上,使劲地喘着气,希望可以使自己平静下来。他知道,只要平静下来,就肯定可以辨别出方向,可以走出树林。

过了一会儿,村长稍微缓过了气来,心中也稍微恢复了平静。他极力地回忆着,希望能记起以前的路。想着想着,终于有了头绪,正要站起来重新赶路,突然感觉有水珠落在他脑门上,"下雨了?"村长用手摸了摸,那液体黏糊糊的,不像是雨水,于是抬头顺着液体落下来的方向望去。不看还好,一看吓得他魂飞魄散!只见树冠上有两只灯笼般大小、发着蓝光的眼睛死死地瞪着他。

"鬼啊!"村长惨叫一声,拔腿就逃。那怪物"扑哧"一声,拖着长而巨大的身躯从树干上滑了下来,风一样向他追来。

村长哪经得起这番惊吓，慌不择路地疯狂逃命。树林里到处都是断木荆棘，村长举步维艰，无论他怎么拼命，都始终摆脱不了那追来的怪物。眼看怪物就要追上来了，并向他张开了血盆大口。村长吓得失去了理智，纵身跃下了山边的悬崖。他只觉得身体失重下坠，耳边的风呼呼地响。他紧闭眼睛，想着这下完了！突然，他感到像掉进了一张弹簧网里一样，软绵绵地来回弹了几下，停住了！村长惊魂未定，睁开眼睛一看，原来是被野山藤交织成的网挂住了！村长摸摸胸口，喘了几口粗气，自言自语道："唉！总算天无绝人之路！"谁知话音刚落，一个巨大的黑影从天而降。

"蛇——"村长刚看清那是什么，还没喊出口，就被它咬在嘴里了……

四十一

村南山崖的一个山洞里，莫半仙正和那条大蛇谋划着下一步的阴谋。

"恩公，我已经按照您的吩咐把村长给吃了！下一个轮到吃谁了？"大蛇吐出长长的血红的信子，舔着嘴唇问莫半仙。

"应该尽快把那个叫豆丁的小孩吃掉，他是我们最大的威胁，只要他活着，就后患无穷！"莫半仙说。

"嗯！我也是这么想的！我一直在找机会，只是还未能遇上他而已，要是遇着了，肯定一口把他吃掉。"大蛇说。

"当初我之所以先把这个葫芦拿到手再解救你出来，就是怕那个豆丁利用这个葫芦来对付你。"莫半仙举着手中的玉葫芦说，

"如果不尽快除掉豆丁,哪天这个玉葫芦回到他手中,咱们可就死定了!"

"那你得将它保管好,不要让豆丁夺走了。"大蛇说。

"这是我从豆丁那里偷来的,要是他发现了,肯定会来抢回去的。"莫半仙说。

"你居然怕豆丁那个小毛孩?难道你打不过他吗?"大蛇问。

"单打独斗,我肯定不怕他!问题是如果他知道了葫芦在我手里,肯定会带一村人来抢的!"莫半仙说。

"那些村民会帮他吗?"大蛇问。

"那肯定了!要知道,只要他取回葫芦,就可以对付你了,就可以为他们除掉你了!"莫半仙说。

"这葫芦真有这么大的法力吗?"大蛇将信将疑地问。

"那当然!我亲眼见他借助这个葫芦的法力,降服了一个妖精!"莫半仙说。

"那你为什么不用这个葫芦来对付他们呢?"大蛇问。

"不怕告诉你吧,这个葫芦只能对付妖怪,不能对付凡人!"莫半仙诡谲地笑着说。

"哦!原来如此!"大蛇若有所思地说,"那么,你不会用这个葫芦来对付我吧?"

"哪能?别忘了咱们可是一条船上的人,我又怎么会杀你呢?其实我还担心你会把我给吃了呢!"莫半仙讪讪地笑着说。

"是你揭去了镇压我的神符,放我出来的,你是我的大恩人,我又怎么会恩将仇报呢?"大蛇狡黠地笑着说,心里却想,万一哪天他用葫芦来对付我,那可怎么办呢?!

"好,有你这句话我就放心了!你可一定要信守诺言啊!"莫半仙说,"过几天我再去找村里那帮愚蠢的村民,假装做一个降妖的法事,之后你就藏起来一段时间,让他们过一阵子平静日子,这样他们就会相信我的法力,就会重新尊重我、敬仰我了!"

"那我岂不是又要憋在洞里过寂寞的日子了?!"大蛇说。

"唉!又不是叫你永远不出来!等我在大家心目中树立了威信,重新当上村长之后,我就让大家把你供奉起来,给你树立牌位,定时提供一些上好的祭祀品给你享用!到时你不仅可以过自由自在的日子,而且有享不尽的荣华富贵啦!"莫半仙说。

"哦,你是想我们相互配合,唱双簧给他们看?"大蛇说。

"我这样做也是为你好呀!为你弄一个头衔和名位,登堂入室,有香火侍候,总比现在的落草为寇强多了!"莫半仙说。

"那也是!"大蛇点点头说。

"这回,我看他们还信不信我!"莫半仙志得意满地说。

"你上回被他们用扫帚赶出来了。这回可以一雪前耻!"大蛇似笑非笑地说。

"哼哼!"莫半仙阴险地笑了笑,没说什么,毕竟那并不是一件光彩的事。

第二天,莫半仙大摇大摆地回到村里,坐在村口的那棵大榕树底下,轻轻地摇着手中的芭蕉扇,一副悠然自得的样子。

村民们见莫半仙回来了,又惊又喜,慌忙奔走相告:"莫半仙回来了!莫半仙回来了!大家赶紧去求他为我们除妖吧!"

村长的失踪,在村里引起了更大的轰动和恐慌,村民们对豆丁已完全失望,恨铁不成钢地指着他的鼻子骂他是懦夫、骗子!甚至要把他赶出村庄。没办法,穷途末路的村民,只得把最后的希望重新又寄托在莫半仙身上,后悔当初不该受豆丁的欺骗,错将半仙赶出村庄。今天,莫半仙突然回来,正是村民们所期盼的。因此,当大家听说莫半仙出现在村口,都争先恐后地聚拢过来迎接他,请求他的原谅,请求他出手除妖!

"我是骗子,我哪有这个本事?"莫半仙冷冷地说。

"哪里!哪里!您是真正的神仙,您神通广大,天下无敌!"村民们点头哈腰地恭维道。

"哼! 别夸我了,只要你们不把我赶出村庄,我就已谢天谢地、感恩戴德了!"莫半仙阴阳怪气地说。

"以前都是误会,希望半仙大人不计小人过,出手除了那个妖魔,我们都将感激不尽!"村民说。

"哼!"半仙假装生气地瞟了村民们一眼,顿了顿说,"我当然不会计较你们对我的不恭,至于除妖的事,就看你们够不够诚心了!"

"就知道您大人有大量!"村民们唯唯诺诺地说,"只要您替我们除去了妖怪,您要我们做什么都可以!"

"好吧! 看在你们如此诚心的分儿上,我就把那个小妖给除了吧!"莫半仙一副漫不经心的样子说。

"那真是太好了!"见莫半仙把除妖一事说得如此轻松,村民们大受鼓舞,重新燃起了希望。

"好了,赶紧办正事吧!"莫半仙整了整衣襟,突然一本正经地说,"我要在这榕树底下开坛做法,你们分头给我准备一下办法事所需要的物品吧!"

"好!"村民们按照莫半仙的吩咐,兴高采烈地分头准备法事去了。

真是人多好办事,不一会儿工夫,法事所需要的物品、器具都已备齐了,八仙桌子、香炉、两只活公鸡、纸钱等,按半仙的要求,一件不少。

不一会儿,莫半仙沐浴更衣完毕,身穿道袍,手持桃木剑,踱着方步出来了。他来到八仙桌前,眯着眼睛环顾一周,煞有介事地开始焚香做法了。在念了一通谁都听不懂的咒语后,他把两只公鸡杀了,把鸡血涂在桃木剑上,对着空中乱劈乱砍了一阵子,然后说:"好了,那妖孽已经被我镇住了,短期内是不会出来作恶了,大家放心吧!"

村民们一听,信以为真,高呼"神仙",冲上前去,把莫半仙高高地抛了起来!

事后,莫半仙向村民讨了做法事所需要的利是钱,拎起那两只被他杀死的公鸡回家喝酒去了。

果然,莫半仙做了法事之后,妖怪真的没有出来作恶了,村民们终于又过上了太平日子。大家知道,这一切都是拜莫半仙所赐的。因此,都把莫半仙当作大恩人,同时又为曾经那样无礼地对待莫半仙而感到愧疚,为了弥补以前的过错,村民对莫半仙加倍崇敬。莫半仙当然也感受到了村民对自己的崇拜,因而更加肆无忌惮,招摇过市,俨然自己真的已经是神仙了!

但好景不长,一个多月后,东村又发生了丢失小孩的事件。于是村民们赶紧去找莫半仙问个究竟。莫半仙装模作样地掐指一算,说镇住妖怪的神符被风吹走了,所以要重新施法。于是,在收了村民们的一批财物后,莫半仙又开坛做了一次法事。法事后,山村又暂时恢复了太平,但就像第一次那样,太平仅维持了个把月,之后又有人家丢失了牲畜。村民只好又去求莫半仙,莫半仙又以同样的把戏把村民糊弄一通。如此反复!村民们隐约感觉到被戏弄、被欺骗了!

"你为什么不一次性把妖怪的事给解决了?是不是我们给的钱不够?!"村民们找到莫半仙,质问道。

"这不是钱多钱少的问题,再说了,我是仙人,我绝对不是为钱做事的!"莫半仙装出一副清高的样子说。

"不是钱的问题是什么问题?是不是你斗不过那个妖怪?"村民说。

"胡说!我堂堂半仙还斗不过区区一个小妖?!"莫半仙最怕村民怀疑他的本事了,毕竟,他这个半仙是村民给的,一旦村民不相信他,他就什么都不是了,所以一听村民说他斗不过妖怪,他就紧张了。

"既然这样,那你干吗不把妖怪彻底除掉呢?"村民说。

"嗨! 不是我不愿意为之, 是时机未到呀!"莫半仙捋着下巴上稀稀落落的山羊须说。

"我说时机是假! 你和妖怪都是黑帮黑客, 想串通一气图谋我们的钱财性命是真!"有村民说道。

"你们怎么能这样污蔑我呢?"不幸被村民言中, 莫半仙做贼心虚, 恼羞成怒道。心想, 难道这帮蠢驴发现了什么? 两只眼睛贼溜溜地在村民的脸上转来转去, 琢磨着村民们说这话的意图。

"不是我们污蔑你, 是你没把事情做好。"村民们说, "我们花了这么多财物, 送了这么多鸡、鹅、鸭给你下酒, 请你除妖, 却还是没能把问题解决掉, 还是每月都要丢失小孩和牲畜, 我们依然还要提心吊胆地过日子! 这跟之前有什么区别呢?!"村民越说越激动, 到最后已经是群情激愤了。

莫半仙知道今天如果不给村民一个说法是下不了台的了, 但该怎么说呢? 说要给妖怪搭建神坛那是不可能的, 那只是他欺骗大蛇的伎俩, 因为那样做的话, 等于应验了村民所说的, 他斗不过妖怪。

"如果他不把妖怪给灭了, 就说明他和妖怪是一伙的!"有村民喊道。

"对! 要么他根本就不是什么半仙, 是骗人的! 是骗吃骗喝的!"其他村民呼应道。

"把他绑起来浸猪笼!"一个刚刚失去了儿子的村民愤怒地喊道。

到了这一步, 莫半仙只好再使出他的缓兵之计: "好! 我答应你们把妖怪除了! 但你们必须答应我一个条件!"

"你能把妖怪除了, 只要我们能办到的, 什么条件我们都答应你!"村民说。

"除掉妖怪后, 你们要选我当村长, 恢复我的村长职务!"莫半仙说。

⊙ 莫半仙正在与那条大蛇酝酿着一场大阴谋。

"不要说当村长,选你当爷爷都行!"有村民说。

"一言为定!"莫半仙露出胸有成竹的样子说。这个承诺确实可以让他暂时脱身了,但他拿什么来实践自己的承诺呢?他的心此时七上八下。

四十二

当天晚上,莫半仙一宿没睡,琢磨着下一步的行动计划。他想了很多方案,但都不可行。把大蛇灭掉,那是绝不可能的,因为事实上他并不知道葫芦的秘密,当初,他之所以先从豆丁那里偷来了葫芦再放大蛇出来,目的是怕大蛇不听话,想利用葫芦来控制大蛇,没想到却掌握不了葫芦的使用方法!没有葫芦相助,自己远不是大蛇的对手!那么干脆和大蛇一块,把所有的人都杀死算了!那也不行,所有的人都死了,剩下他一个人,没有人来奉承、孝敬,这样的日子又有什么意义呢?要么把葫芦还给豆丁,让豆丁去对付大蛇!那更不可能!自己好不容易才重新树立起的威信,怎么能这么轻易就交还给别人呢?但除此之外,又能怎么办呢?他想来想去,始终找不到解决的方法。

"唉,葫芦啊,葫芦,你究竟有什么法力,又怎样才能得到你的相助呢?"无计可施的莫半仙把葫芦在手里来回玩弄,并使劲拧了拧葫芦口的盖子。之前他也曾多次试图拧开葫芦口的盖子,但无论他如何使劲,葫芦口的盖子都始终纹丝不动,而这次葫芦盖子居然有松动的迹象!莫半仙心中一阵狂喜,心想,难道我和葫芦的缘分真的来了?!他再次使劲,将葫芦口拧开。霎时,葫芦口喷出万

212

道霞光。

"找到了! 找到了! "莫半仙如获新生, 激动得大喊大叫起来。

葫芦的霞光渐渐往回收, 莫半仙凑近葫芦口, 单着眼睛使劲往里瞧, 不看还好, 一看吓一大跳。只见葫芦里面有一个小孩在跟他打招呼。

"好久没见, 豆丁! "葫芦里的小孩说。

莫半仙颤抖着说: "嗨……你……好! "

"哎, 你不是豆丁, 你是谁? 葫芦怎么会在你手里的? 豆丁呢? 豆丁在哪里? "葫芦里的小孩用警惕的眼光审视着莫半仙说。

"我——我是豆丁的朋友, 是豆丁把葫芦借给我的。"莫半仙结结巴巴地说。

"他为什么要把葫芦借给你? "那小孩问。

"他——他是想让我去……去除……除妖。"莫半仙说。

"除妖? 除什么妖? "那小孩皱着眉头问。

"对, 对, 对, 是除妖, "莫半仙说, "我——我们村里来了一条大……大蛇……吃……吃了好……好多人, 所以要除……除掉它! "

"哦! 原来是这样! "那小孩若有所思地点着头说, "那豆丁他为什么不自己去除妖, 而要叫你去呢? "

"他——他——他病……病了! "莫半仙说。

"病了? 豆丁病了? "那小孩一听豆丁病了, 立即紧张起来, "你赶紧带我去看看他好吗? "

见那小孩这么焦急, 莫半仙的心反而淡定了许多, 说: "行, 但现在除妖要紧, 我必须先把妖怪除了, 才能带你去见他, 否则, 那条大蛇又要出来害人了。"

"那也是。"那孩子说, "那你赶紧去除妖吧! "

"但是我打不过那条蛇呀。"莫半仙说。

"这好办，"那孩子说，"你带着这个葫芦一起去，等你看到那条蛇之后，打开葫芦盖子大喊三声'哪吒'，到时自然有人帮你。"

"真的！"莫半仙喜出望外，"那太好了！太感谢你了！"，心想，这下子可以把那蛇除掉了！

"闲话少说，赶紧办正事去吧！"那孩子说。

"好好好！"莫半仙连声应道，穿上道袍，一手握着葫芦，一手拿着桃木剑，兴冲冲地直奔山洞而来。

来到洞口，莫半仙在洞外摆开架势，对着洞口喊道："妖孽快出来受死！"

那蛇正在闭目养神，突然听见洞外有声音，懒洋洋地探出头来张望了一会儿，见是莫半仙，好生纳闷，问道："恩人，你在干什么？"

"哼！畜生，我要取你性命！"莫半仙满脸杀气地说。

"恩人，你要杀我？"那蛇眨着眼睛，脸上充满疑虑和不解，"你忘了我们的协议了吗？"

"少废话，赶紧出来受死吧！"莫半仙用桃木剑指着大蛇骂道。

"你不是要我帮你除掉豆丁吗？怎么这么快就改变主意了呢？"大蛇不解地问。

"不必了！"莫半仙说，"我改变主意了，豆丁那里我自己可以对付，你尽管放心受死吧！"

"你就真的这么无情无义？"大蛇问。

"我呸！跟你有什么情义可言？"莫半仙说，"当初我放你出来只是想利用你来帮我重新树立起半仙的地位，现在我的目的已经达到了，你已经没有利用价值了，也该消失了！"

大蛇也被莫半仙的话激怒了，它大吼一声道："你这狗东西，我和你拼了！"说着，张开血盆大嘴向莫半仙扑来。

见大蛇扑来，莫半仙连忙对着葫芦口喊道："哪吒！哪吒！哪吒！"但是葫芦一点反应也没有，莫半仙又急又怕，接着又一连喊了几声，依然一点反应也没有，眼看大蛇就要冲到跟前了，莫半仙绝望地用桃木剑使劲地拍打葫芦，哭诉道："你为什么要骗我？你为什么要——"，还没说完，大蛇已扑到了他跟前，一口咬住他的腰。

"饶命！饶命！蛇大仙，饶命啊！"莫半仙在大蛇的嘴里歇斯底里地喊叫着。

"你不是要取我的性命吗？"大蛇咬牙切齿地说。

"蛇爷爷，我刚才是跟你开开玩笑而已，你饶了我吧！"莫半仙哀求道。

"开玩笑？哼！"大蛇冷笑着说，"你当我是三岁孩童？告诉你，我已经活了一千多年了！就你那点小把戏也想骗我？！"

"就当是我不对，蛇大仙，您就大蛇有大量，饶了我吧！"莫半仙苦苦哀求道。

"你刚才说什么来着？说我已经没有利用价值了，该死了！那我现在也正式告诉你，你也没有利用价值了，也该死了！"大蛇瞪着莫半仙，冷冰冰地说。

"是我放你出来的，你可不能这么无情无义呀！"莫半仙哭诉道。

"哈哈哈！"大蛇发出狂笑，"你知道吗？你是在跟魔鬼打交道，魔鬼是没情义可讲的。即使不是发生了今天的事，我早晚也一定会除掉你的！知道吗？蠢货！"

"你……啊！"随着一声撕心裂肺的惨叫，莫半仙被大蛇吞进了肚子里。这个悲惨的下场，也许是莫半仙本人所始料不及的。

从与大蛇达成秘密协议，到趁豆丁在溪边洗澡时偷走了葫芦，再到揭去压住大蛇的神符，把大蛇放了出来，让它藏身村南山崖的一个山洞里，几乎一切都尽在他的算计和掌控中，但最后却落得如此悲惨下场，满盘皆输！整件事看似皆因他算错了最后一

⊙ 随着一声撕心裂肺的惨叫，莫半仙被大蛇吞进了肚子里。

步,但,事实上,从一开始他就算错了,从放大蛇出来的那一刻就注定了他的结局了!正如大蛇所说的:"你是在跟魔鬼打交道,魔鬼是没情义可讲的!"

吃掉了莫半仙后,大蛇舔舔嘴巴,看着地上的葫芦,自言自语道:"让我把这个葫芦也一并给吃了,日后就没有谁能威胁我了,我就可以天下无敌,畅行无阻了!"说完,又一口将葫芦吞了下去,"唔,味道不错,有点像吃冰激凌的感觉!"大蛇眨眨眼睛,回味了一会儿,想了想,"不对,还有一个豆丁,只有把豆丁解决了,才算是彻底消除了威胁,才能高枕无忧!对!去把豆丁那个小子也给解决掉吧!"

四十三

这天的天气非常不稳定,早上还是碧空如洗,下午却突然刮起了大风,吹来了满天的乌云,大有山雨欲来的势头。豆丁所在的班级正在操场上上体育课,做着队列训练。大黑蹲在操场旁的一棵凤凰树下,全神贯注地看着豆丁他们训练。

云越来越低,风越来越大了,操场四周的树被刮得发疯似的甩摆狂舞。看来是要下大雨了,大黑耷拉着耳朵,夹着尾巴跑到教室走廊下,甩干净身上的泥土,若有所思地一会儿看看天空,一会儿看看豆丁他们,眼神里流露出一种不祥和不安。"要下大雨了,怎么还不解散?!"大黑心想,它在担心豆丁的安全!随着年龄的增长,大黑变得越来越成熟和懂事了。

这时一道紫色的闪电划过学校的后山,随着一声开山般的霹雳，雨点像石子般从天上倾泻下来。

"下大雨啰！"同学们呼喊着，没等老师喊解散口令，就已争先恐后地跑到走廊下避雨了。大黑本来是趴在地上的，蜂拥而来的学生把它挤得只能另找地方待了。

雨越下越大，天越来越黑，风越刮越猛。上天仿佛在发泄着什么，狂风夹着暴雨，怒吼着，席卷着山村的一切。

本来已经到了放学时间，但这样的风雨，谁都走不了，只能待在走廊，胆颤心惊地望着那肆虐的狂风暴雨。

大黑挤了半天，终于找到了豆丁。它摇晃着尾巴，舔了舔豆丁的脚趾，在豆丁脚边蹲了下来。站在豆丁身边的同学大食拿脚逗了逗大黑，拍拍豆丁的肩膀问豆丁去不去小便，豆丁说暂时没尿，不想去。大食挠挠脑袋，噘着嘴巴自己去了。

在走廊的尽头，有一间阴暗的小瓦房，那就是厕所。紧挨着厕所有一棵大大的杨桃树，杨桃树正开着花。

厕所没有灯，本来光线就不太好，加上这样的雨天，就更显得阴森恐怖了。大食来到厕所门口，往里瞧了瞧，里面黑乎乎、静悄悄的，屋内滴滴答答的漏雨声显得格外清晰；厕所外面到处湿湿的，不知道是水还是尿。看着黑洞一样的厕所，大食心里不禁打了个冷颤，鼓起勇气，蹑手蹑脚地踩着地上的几块红砖块，进了厕所。正当大食解开裤子准备尿尿时，突然觉得有什么东西挑了一下自己的脑袋。他下意识地抬头看了看，没发现什么。他以为是自己的错觉，没有在意，继续拉尿。当他拉完尿，准备离开时，突然又感觉到脑袋被挑了一下，感觉跟刚才一样，但当他再回头查看时，却还是什么也没发现。不过这次的感觉是那样的真实，他不再相信是错觉了。

"奇怪！刚才明明有东西挑我的脑袋呀！怎么不见了呢？！"大食自言自语地说。出于好奇，大食在厕所里转了一圈，把厕所仔仔细细地检查了一遍，但还是什么也没发现，"真是见鬼了！"大食骂道。但正当他准备离开时，透过屋顶的漏光，突然看到屋顶瓦缝里挂着一截草绳一样的黑乎乎的东西。

"那是什么？哦！刚才就是那玩意儿碰到我的头！"大食自言自语地说，凑上前去，瞧了瞧，由于光线太暗，看不清楚。"不管是什么，先把它扯下来！"大食抓住那草绳一样的东西，轻轻扯了一下，扯不动，再用力，还是扯不动，"我就不信扯你不下来！"大食发狠地说，双手紧紧抓住那东西，使劲一拉。但那草绳不但没被拉下来，反而往上一甩，把大食给吊了起来。大食心中一惊，手一松，从半空中掉了下来，重重地摔在了地上。

大食惊魂未定，还没来得及站起来，厕所的屋顶突然哗啦一声穿了个大窟窿，一个箩筐般大小的东西从窟窿里探了进来！恰好此时，天空又划过一道长长的闪电，借着闪电的蓝光，大食看清了那箩筐一样的东西居然是一个巨大的蛇头！

"救命啊！"大食吓得魂不附体，连滚带爬企图逃出厕所，但他感觉身体像不是自己的似的，浑身乏力，爬都爬不动了。

听见呼救声，老师和同学们不知发生了什么事，赶紧冲过去看个究竟，当大家赶到厕所门口时，正好看见大蛇咬住了大食的下身，正一点一点地将他往肚子里咽。大食已说不出话了，瞪着绝望的眼睛，双手使劲张开，仿佛想抓住什么。老师和同学们被眼前的这一幕吓得目瞪口呆，眼睁睁地看着大蛇将大食完全吞进了肚子里。

大蛇舔舔嘴巴，张开血盆大口向站在门口张望的人群扑过来，围观的同学们这才回过神来，呼喊着四散逃命。关键时刻，豆丁的班主任和几位在场的老师一边疏导着学生逃命，一边殿后与大蛇周旋。

一开始，豆丁也被眼前的情景吓懵了，跟着大伙逃跑，但没跑几步，他突然意识到自己是降妖除魔小组的成员之一，除妖是自己的职责和义务，而且自己不是一直在寻找妖怪的下落吗？如今妖怪就在眼前了，怎么反而就害怕了呢？

豆丁懊悔地朝自己的脑袋狠狠打了一拳,骂道:"跑什么跑!没用的东西!"说完,转身朝大蛇冲去。

大黑本来一直跟在豆丁后面逃跑,见豆丁突然调头朝大蛇冲去,它又急又怕,怕的是那凶神恶煞的蛇,急的是知道豆丁斗不过那条大蛇,冲上去只有死路一条。没办法,"主人都上了,难道我还有选择吗?"大黑把心一横,一下子蹿到豆丁前头,朝大蛇猛扑过去。

大部分同学都已逃远,老师们也一边与蛇周旋一边伺机脱身。这时,豆丁的班主任李老师举着一根竹竿朝大蛇的眼睛刺去,谁知脚底一滑,没刺着蛇,自己反而摔倒在地上。

大蛇一看,狞笑着张开大嘴咬将过来。豆丁一看,不好,大喊一声:"臭蛇住口!"一下子跳到大蛇跟前,对着蛇的眼睛一掌击去。蛇的眼睛挨了一掌,痛得直晃脑袋,连连后退。这时大黑也冲了上来,对着蛇的脖子狂咬一通,大蛇痛得咝咝直叫。

趁大蛇疼痛的当儿,豆丁扶起李老师,叫她赶紧离开,但李老师不但不肯走,反而调过头来叫豆丁赶紧跑。这时,大蛇已调整好架势,再次朝豆丁他们扑过来。李老师一看,急了,大喊道:"豆丁同学,我命令你立刻离开这里!"

大蛇一听豆丁两字,先是愣了愣,但马上就反应过来了,"哦,原来眼前这臭小子就是我千辛万苦要找的豆丁!嘿嘿!真是踏破铁鞋无觅处,得来全不费工夫!今天你死定了!"说着,撇开其他人,凶神恶煞地朝豆丁扑来。

豆丁也不甘示弱,举着铁锹迎上去与大蛇搏斗,但他又哪里是大蛇的对手呢?只三两下工夫,就被大蛇活生生地吞进了肚子里了。

大蛇一连吃了大食和豆丁,肚子饱了,目的也达到了,用血红的信子擦了擦嘴巴,对着李老师他们抛下一句:"改天再来吃你们!"说完就扬长而去了。

四十四

听说豆丁被大蛇吃掉了，一家人悲痛欲绝，哭得死去活来。到了晚上，虽然已是深夜，但由于悲伤过度，大家依然全无睡意，围坐在堂屋内，默默地哭泣着。

这时，门外突然传来急促的敲门声。

趴在饭台底下的大黑仿佛感觉到了什么！它竖起耳朵静静地听了一会儿，然后突然从台下跃出，穿过狗洞，直扑门外。

"脏死了！还亲我的脸？！走开！"这分明是豆丁的声音啊！

"丁丁！丁丁回来了！！"三姐的耳朵好使，一下就听出来了门外豆丁的声音。她第一个冲向大门，迅速打开了大门。门外站着的果然是豆丁！

"是丁丁！是丁丁！爸！妈！弟弟回来了！"三姐兴奋得手舞足蹈。

听见喊声，妈妈鞋都顾不上穿，赤脚冲了出来，连声喊道："在哪？在哪？"来到门口一看，只见门外站着一个血淋淋的小孩——那正是豆丁！

"豆丁，你吓死妈妈了！"经过生离死别，妈妈悲喜交加，扑上前将豆丁紧紧搂在怀里。

豆丁明明被蛇吞进了肚子里，怎么还能安然无恙地回家呢？

原来，进到蛇肚子里以后，豆丁惊讶地发现，丢失多时的玉葫芦居然也在蛇肚子里。玉葫芦在蛇肚子里闪闪发光，照亮了整个蛇腹。一见到玉葫芦，豆丁惊喜不已，他知道自己有救了，村民有救了! 他迫不及待地捧起葫芦, 对着葫芦口连声喊道: "哪吒兄弟, 你在吗? "

"在呢! 豆丁使者。"葫芦里传来了哪吒熟悉的声音。

"哪吒呀! 哪吒! 我们在大蛇肚里, 快想办法出去呀! "豆丁激动地说。

"别急嘛! 我和葫芦早被蛇吞进来哩! "哪吒说。于是, 哪吒把如何听到莫半仙与蛇的对话, 从而得知莫半仙偷葫芦, 以及想借他的法力除掉大蛇, 却反而被大蛇吃掉了的事情经过, 原原本本地讲述给豆丁听。

"你当时为什么不帮助莫半仙把大蛇除掉呢? "豆丁问哪吒。

"我刚开始是想帮他的, 毕竟为百姓除妖是一件大善事, 但听了他和大蛇的对话后, 了解到事情的经过, 知道他并不是好人, 所以就不帮他了! "哪吒说。

借着葫芦发出的亮光, 豆丁看见了躺在蛇腹内不远处一动不动的莫半仙和大食两人, 他们俩大概早已一命呜呼了。

"为什么我被吞进了蛇肚子里, 却还能活着呀? "豆丁好奇地问。

"你忘了你在仙界曾经吃了一颗人参果吗? "哪吒说。

"与这有关系吗? "豆丁不解地问。

"当然有关了! "哪吒说, "要知道那人参果可是仙果, 吃一个人参果, 就好比吃一颗仙丹, 不仅百毒不侵, 而且还能起死回生! "

"原来如此! "豆丁恍然大悟道, "那么, 我现在怎样才能出去呢? "

"这还不容易? ! "哪吒说, "你利用我的法力, 可以轻而易举地把蛇腹撕开, 然后你就可以大摇大摆地走出去了! "

"太好了! 那就赶紧吧! "豆丁跃跃欲试地说。

"好的！来了！"说完，哪吒从葫芦口一跃而出，附在了豆丁身上。

豆丁顿时觉得浑身充满了力量。他舒展了一下双臂，满意地点点头，说道："出去了！"双掌用力插向蛇的腹部。

大战过后，大蛇觉得有点疲惫了，正在闭目养神。突然，它感觉到肚子一阵撕裂的剧痛，还没等它明白过来发生了什么事，就见自己的肚子被从里到外撕开了一个裂口，豆丁从那个口子里跳了出来。豆丁出来后，并没忘记把大食同学和莫半仙两人也拖了出来。

大蛇毕竟有千年的修行，虽然肚子被撕开了一个大口，但并无性命之忧。它看看自己身上淌着血水的大口子，再看看豆丁，见对方竟敢伤害自己！顿时暴跳如雷，发疯似的扑向了豆丁。

"你的铁锹带来了没有？"见大蛇扑过来，哪吒问道。

"没有，"豆丁说。

"那你就用我的兵器吧！"哪吒说。

"好嘞！"豆丁应道。

哪吒念动咒语说声"变！"转眼间，豆丁脚下生出了两个熊熊燃烧的风火轮，接着哪吒又一声"给！"一支火尖枪塞在了豆丁手里。一切齐备，哪吒拍拍手说："看你了！豆丁！"

"没问题！"豆丁对着哪吒打起胜利的手势，踏着风火轮，挥动火尖枪向大蛇的脑袋挑去。

大蛇也不是吃素的，只见它脑袋一偏，躲过了豆丁刺来的枪，随即尾巴一个秋风扫落叶，向豆丁横扫过来。

豆丁骑着风火轮"嗖"一声蹿到了半空，躲过了大蛇的尾巴。

大蛇的尾巴扫了个空，轰的一声打在了石壁上，打落了一大片岩石，掀起满地灰尘。

豆丁在空中一个转身，举枪泰山压顶般对着蛇腰狠狠打下去。大蛇见势不妙，就地一滚。豆丁一枪落空，再起一枪。

就这样，豆丁与大蛇你来我往，斗得难分难解。

哪吒见豆丁久战不下，有点急了，取出混天绫，说："豆丁，用这个！"

豆丁一声"好"，接过混天绫，对着大蛇抛去，嘴里说一声"着！"混天绫不偏不倚正好套住了大蛇的脖子。

大蛇脖子被套住，心中一惊，拼命挣扎，谁知它越是挣扎，混天绫就绑得越紧，而且不断地往它身上缠，最后把整个蛇身都捆绑住了。

豆丁按下云头，用枪指着大蛇骂道："你这妖孽作恶多端，今天我就要让你血债血偿！"说完举枪对着蛇的七寸就要刺下去。

蛇被捆得一动不能动，眼睁睁地看着豆丁的枪刺来，心想这回死定了！

就在这时，天空突然传来一声："慢！"

听见喊声，豆丁赶紧收手，手搭凉棚，朝声音传来的方向望去。只见云端处有一位身穿黄袍的老道人，道人正急忙地朝他们走来，边走边向他拱手行礼道："豆丁使者，请手下留蛇！"

"你是谁呀？"豆丁的枪停在空中，好奇地看着来者问。

"贫道乃葛洪也！"那老道将着胸前花白的胡子，笑容可掬地说。

"您就是葛仙葛长老呀？"听说眼前这位鹤发童颜的老道人竟然是葛仙，豆丁又惊又喜，还以为自己听错了，重复问道。

"正是贫道！"那道人说。

"不知道长来此有何贵干？"豆丁拱拱手问，眼睛却依然好奇地盯着那道人。

"我此行是要来收服这条大蛇的。"葛仙说。

"你为什么不早点来？！"豆丁埋怨道，"你如果早点来的话，就不至于有这么多的性命遭这畜生祸害了！"

"我来得正是时候！"葛仙微微笑着说。

"什么叫正是时候？！我已经把这妖孽给收服得妥妥当当了！"豆丁说。

"所以说我来得正是时候嘛！"葛洪依然微笑着说。

"你这不是马后炮、坐享其成？！"豆丁说。

"哈哈，"葛仙爽朗地笑道："使者，你打算如何处置它呢？"

"还用说吗？！肯定是杀掉了！"豆丁毫不犹豫地答道。

"不妥！不妥！"葛仙说。

"不妥？那你觉得应该怎样处置它才妥呢？"豆丁反问道。

"这畜生毕竟已修炼了千年了，也不容易。而且它今天的为恶我也有责任，所以，你就把它交给我吧，让我好好调教调教它，看能否使它改邪归正。"葛仙说。

"那怎么行？难道这么多条命就这样被它白吃掉了？"豆丁心有不甘地说。

"使者放心！之前你们村失踪的人畜，只是被它抓去关押在山洞里而已，并无生命之忧，待会儿我就将他们一一释放出来。"葛洪说。

"你不是在糊弄我吧？！大蛇为什么没有吃掉他们？"豆丁疑惑地看着葛洪，问。

"这条蛇乃白蛇娘娘的小妹，名为小青，它也是一条义蛇！它的本性并不坏！它抓村里的人畜，一则是为了发泄多年被关押的怨气，再则是为了配合莫半仙欺骗村民的需要，并不真的要吃掉他们！"葛洪说，"况且，自从当年偷吃了我的仙丹，小青已不再需要靠吃东西来维持生命了！"

"真是一匹布这么长的故事！"豆丁摇摇头说，"但是，先前被它吃到肚子里的大食同学已经硬邦邦地躺在那里了呀！"豆丁指了指被他从大蛇肚子里拖出来的大食同学，意思大概是说，大食已经死了。

"大食同学气息尚存，我可以把他救活。"葛洪说。

"还有莫半仙呢?"豆丁问。

"至于莫半仙,贫道就无能为力了!"葛洪捋了捋长须说。

"这样啊?!"豆丁犹豫了一会儿,问哪吒道:"你觉得怎么样?"

"既然葛仙这么说,那就把蛇交给他处置呗!"哪吒说。

"那好吧!"豆丁很不情愿地说。

"还有一件事。"葛仙说。

"还有什么事?"豆丁问。

"就是你手中的玉葫芦!"葛仙说。

"玉葫芦?玉葫芦怎么了?"豆丁皱着眉头问。

"我要把玉葫芦收回去了。"葛仙说。

"不行!"豆丁一听葛仙要收回玉葫芦,说什么也不答应。

但哪吒说这葫芦本来就是葛洪道长的,物归原主,也是理所当然的事。

见哪吒都这么说了,豆丁再不舍得也没办法了!只好很不情愿地把葫芦交给了葛仙。

葫芦一到葛洪手中,哪吒随即也收起了宝贝,回到了葫芦里。

"我以后还能见到玉葫芦,还能见到哪吒他们吗?"豆丁噘着嘴巴问。

"那就得看你们的缘分了!"葛仙接过葫芦,微笑着说。

哪吒从葫芦里探出头来,向豆丁摆摆手,说:"豆丁再见,咱们后会有期!"

"我们真的后会有期吗?"豆丁问哪吒。

"肯定会有的!"哪吒说,"别忘了你是葫芦使者!可不是谁都有这种缘分的哟!"

"那我们将来会在什么时候见?会在哪里见呢?"豆丁一副失落的样子,问。

"一切尽在不言中!看缘分吧!"哪吒洒脱地笑了笑说。

⊙ 豆丁目送葛仙带着葫芦和大蛇飘然而去。

葫芦记

　　豆丁目送葛仙带着葫芦和大蛇飘然而去，心中充满了伤感和失落，但同时又心怀希望和期待，期待能与葫芦早日再次相见。

　　就在葛仙转身离去的时候，他用手中的拂尘对着豆丁和整片村庄轻轻一扫，豆丁连同其他村民的脑海顿时一片空白，对有关蛇妖和葫芦的事情通通忘得一干二净，豆丁先前所获得的与动物交流的本领也消失殆尽。

　　葛洪离开后不久，大食同学就苏醒过来了，被大蛇关在村南山崖石洞里的村民和牲畜也都回家了。和其他村民一样，他们对与大蛇有关的事情及经历统统毫无印象，一无所知。不过，大家都知道莫半仙死了，据传是被一条神秘的大蛇咬死的！

　　山村又恢复了往日的太平，但却多了一个传说。

后 记

　　曾记得，我手提铁锹只身穿越深山密林，与清泉一道，仰卧在岩石之上，透过茂密的林叶，仰望斑驳的苍穹，无限的遐想，如晨雾般，缭绕在苍老的古树间。在这"有仙"的群山峻岭中，游离于现实与虚幻之间，脑海中充盈着天真的幻想，正是这种无拘无束的童稚之心为今日的《葫芦记》埋下了一颗种子。

　　《葫芦记》是一部记述奇人神怪，带有浓厚民间传说色彩的神话小说，从成稿到付梓，经历了一些趣事。不说别的，单是书名就更换了几次。从一开始的《大丁与玉葫芦》到后来的《豆丁与玉葫芦》，再到现在直截了当的《葫芦记》，可谓左右思量。当然，这个书名未必是最佳的，但窃以为是最合适的：简单、明了，有延续性。故事成稿不久，一位导演朋友偶然看见，竟爱不释手，说什么这是现代版的《西游记》，信誓旦旦要将它搬上银幕！银幕之路可能遥遥无期，只好先行付印，以飨读者，希望读者朋友们能够不吝赐教。

　　《葫芦记》能得以顺利付印，有赖于许多关心文学创作，尤其是关心青少年阅读的热心人士的鼓励与支持，如为本书题写书名的杨争光先生，还有崔建明、孙夜先生，以及为本书提供插图的黄庆梧（秋水）先生等，在此就不一一列举了。本人谨代表喜欢这本书的读者朋友们，向上述提到的或没提到的文化热心人士致以崇高的敬意和衷心的感谢！同时，也向喜欢这本书的读者朋友致以由衷的谢意和美好的祝福。

作　者

2018年7月18日